A REVOLUÇÃO DOS BICHOS

Esta edição faz parte da coleção SÉRIE OURO,
conheça os títulos desta coleção.

1984
A ARTE DA GUERRA
A INTERPRETAÇÃO DOS SONHOS
A MORTE DE IVAN ILITCH
A ORIGEM DAS ESPÉCIES
A REVOLUÇÃO DOS BICHOS
ALICE NO PAÍS DAS MARAVILHAS
ALICE ATRAVÉS DO ESPELHO
CONFISSÕES DE SANTO AGOSTINHO
DOM CASMURRO
DOM QUIXOTE
FAUSTO
IMITAÇÃO DE CRISTO
MEDITAÇÕES
O DIÁRIO DE ANNE FRANK
O IDIOTA
O JARDIM SECRETO
O MORRO DOS VENTOS UIVANTES
O PEQUENO PRÍNCIPE
O PEREGRINO
O PRÍNCIPE
ORGULHO E PRECONCEITO
OS IRMÃOS KARAMÁZOV
SOBRE A BREVIDADE DA VIDA
SOBRE A VIDA FELIZ & TRANQUILIDADE DA ALMA

GEORGE ORWELL

A REVOLUÇÃO DOS BICHOS

TEXTO INTEGRAL
EDIÇÃO ESPECIAL DE 79 ANOS

GARNIER
DESDE 1844

GARNIER
DESDE 1844

Fundador: **Baptiste-Louis Garnier**

Copyright desta tradução © IBC - Instituto Brasileiro De Cultura, 2024

Título original: Animal Farm: A Fairy Story
Reservados todos os direitos desta tradução e produção, pela lei 9.610 de 19.2.1998.

1ª Impressão 2024

Presidente: Paulo Roberto Houch
MTB 0083982/SP

Coordenação Editorial: Priscilla Sipans
Coordenação de Arte: Rubens Martim (capa)
Tradução e preparação de texto: Fábio Kataoka
Revisão: Valéria Paixão
Apoio de revisão: Lilian Rozati
Diagramação: Rogério Pires

Vendas: Tel.: (11) 3393-7727 (comercial2@editoraonline.com.br)

Foi feito o depósito legal.
Impresso na China

	Dados Internacionais de Catalogação na Publicação (CIP) de acordo com ISBD
E23r	Editora Garnier A revolução dos bichos - Edição Luxo / Editora Garnier. - Barueri : Garnier, 2024. 96 p. ; 15,1cm x 23cm. ISBN: 978-65-84956-52-0 1. Literatura inglesa. 2. Ficção. I. Título.
2024-328	CDD 823.91 CDU 821.111-3
	Elaborado por Odilio Hilario Moreira Junior - CRB-8/9949

IBC — Instituto Brasileiro de Cultura LTDA
CNPJ 04.207.648/0001-94
Avenida Juruá, 762 — Alphaville Industrial
CEP. 06455-010 — Barueri/SP
www.editoraonline.com.br

SUMÁRIO

Capítulo 1 7

Capítulo 2 15

Capítulo 3 23

Capítulo 4 31

Capítulo 5 37

Capítulo 6 47

Capítulo 7 55

Capítulo 8 65

Capítulo 9 77

Capítulo 10 87

"A vida de um animal é miséria e escravidão: essa é a pura verdade."

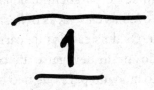

O Sr. Jones, proprietário da Fazenda Solar, havia trancado os galinheiros durante a noite, mas estava bêbado demais para se lembrar de fechar os trincos. Com o feixe de luz de sua lanterna dançando de um lado para o outro, ele cambaleou pelo quintal, tirou as botas na porta dos fundos, pegou um último copo de cerveja do barril na copa e foi para a cama, onde a Sra. Jones já estava ressonando.

Assim que a luz do quarto se apagou, houve uma agitação por todos os galpões da fazenda. Correu a notícia durante o dia de que o velho major, o premiado porco branco, tivera um sonho estranho na noite anterior e desejava comunicá-lo aos outros animais. Tinha sido combinado que todos deveriam se encontrar no grande celeiro assim que o Sr. Jones estivesse fora do caminho. O velho Major (assim o chamavam, embora conhecido nas exposições como Belo Willingdon) era tão respeitado na fazenda que todos estavam dispostos a perder uma hora de sono para ouvir o que ele tinha a dizer.

Numa das extremidades do grande celeiro, numa espécie de plataforma elevada, Major já estava acomodado em sua cama de palha, sob uma lanterna pendurada em uma viga. Ele já estava com doze anos e ultimamente tinha engordado bastante, mas ainda era um porco de aparência majestosa, com um ar sábio e benevolente, apesar do fato de que suas presas nunca haviam sido cortadas. Em pouco tempo, os outros animais começaram a chegar e se acomodar cada qual a sua maneira. Primeiro vieram os três cães, Luca, Kika e Nero, e depois os porcos, que se acomodaram na palha imediatamente em frente ao estrado. As galinhas empoleiraram-se no parapeito das janelas, os pombos esvoaçaram até as vigas, as ovelhas e as vacas deitaram-se atrás dos porcos e começaram a ruminar. Os dois cavalos de carroça, Tritão e Ariel, chegaram juntos, andando muito devagar e abaixando seus grandes cascos peludos com muito cuidado para que não houvesse algum pequeno animal escondido na palha. Ariel era uma égua forte e maternal que se aproximava da meia-idade, e que nunca conseguiu recuperar sua forma depois de seu quarto potro. Tritão era um animal enorme, com quase um metro e noventa de altura, tão forte quanto dois cavalos comuns juntos. Uma listra branca no nariz lhe dava uma aparência um tanto estúpida e, na verdade, ele não era muito inteligente, mas era respeitado por sua firmeza de caráter e tremenda capacidade de trabalho. Depois dos cavalos vieram Esmeralda, a cabra branca, e Benjamim, o burro. Benjamin era o animal mais velho da fazenda e o mais mal-humorado. Ele raramente falava e, quando o fazia, geralmente era para fazer algum comentário cínico — por exemplo, ele diria que Deus lhe dera um rabo para afastar as moscas, mas que ele preferia não ter rabo nem moscas. Ele era o único entre os animais da fazenda que nunca ria. Se perguntado o porquê, ele diria que não tinha motivo para rir. No entanto, sem admitir abertamente, ele era dedicado a Tritão; os dois costumavam passar os domingos juntos no pequeno cercado além do pomar, pastando lado a lado, em silêncio.

Os dois cavalos tinham acabado de se deitar quando uma ninhada de patinhos, que havia perdido a mãe, entrou no celeiro, piando debilmente e vagando de um lado para o outro para encontrar algum lugar onde não fossem pisados. Ariel fez uma espécie de parede ao redor deles com sua grande pata dianteira, e os patinhos se aninharam dentro dela e logo adormeceram. No último momento, Serena, a tola e bonita égua branca que puxava a carroça do Sr. Jones, entrou delicadamente, mastigando um torrão de açúcar. Ela tomou um lugar na frente e começou a mexer em sua crina branca, esperando chamar a atenção para as fitas vermelhas com as quais estava enfeitada. Por último veio o gato, que olhou em volta, como sempre, procurando o lugar mais quente, e finalmente se espremeu entre Tritão e Ariel; lá ronronou satisfeito durante todo o discurso do Major, sem prestar atenção.

Todos os animais estavam agora presentes, exceto Moisés, o corvo domesticado, que dormia em um poleiro atrás da porta dos fundos. Quando Major viu que todos se acomodaram e esperavam com atenção, pigarreou e começou:

— Camaradas, vocês já ouviram falar do estranho sonho que tive ontem à noite. Mas voltarei ao sonho mais tarde. Tenho outra coisa a dizer primeiro. Não acho, camaradas, que ficarei com vocês por muitos meses, e antes de morrer, sinto que é meu dever transmitir a todos a sabedoria que adquiri. Tive uma vida longa, muito tempo para pensar enquanto estava sozinho em meu chiqueiro, e acho que posso dizer que compreendo a natureza da vida nesta terra tão bem quanto qualquer animal. É sobre isso que desejo falar com vocês.

Agora, camaradas, qual é a natureza desta nossa vida? Vamos encarar: nossas vidas são miseráveis, laboriosas e curtas. Nascemos, recebemos comida suficiente apenas para manter a respiração, e os que podem trabalhar são forçados a trabalhar até o último sopro de suas forças; e no mesmo instante em que nossa utilidade chega ao fim, somos massacrados com crueldade hedionda. Nenhum animal na Inglaterra conhece o significado de felicidade ou lazer depois de um ano de idade. Nenhum animal na Inglaterra é livre. A vida de um animal é miséria e escravidão: essa é a pura verdade.

Mas isso é simplesmente parte da ordem da natureza? É porque esta nossa terra é tão pobre que não pode dar uma vida decente para aqueles que nela habitam? Não, camaradas, mil vezes não! O solo da Inglaterra é fértil, seu clima é bom, é capaz de fornecer comida em abundância a um número enormemente maior de animais do que agora habitam. Esta única fazenda sustentaria uma dúzia de cavalos, vinte vacas, centenas de ovelhas — e todas elas vivendo em um conforto e uma dignidade que estão agora quase além de nossa imaginação. Por que então continuamos nesta condição miserável? Porque quase todo o produto de nosso trabalho é roubado de nós por seres humanos. Aí, camaradas, está a resposta para todos os nossos problemas. Está resumido em uma única palavra: Homem. O homem é o único inimigo real que temos. Retire o homem de cena, e a causa raiz da fome e do excesso de trabalho é abolida para sempre.

— O Homem é a única criatura que consome sem produzir. Não produz leite, não põe ovos, é fraco demais para puxar o arado, não corre o suficiente para alcançar uma lebre. Mesmo assim, é o senhor de todos os animais. Força-os a trabalhar, fornece o mínimo para evitar a inanição e fica com o restante. O nosso trabalho lavra a terra, nosso estrume a fertiliza e, no entanto, nenhum de nós possui mais do que a própria pele. As vacas, que aqui vejo à minha frente, quantos litros de leite terão produzido este ano? E que aconteceu a esse leite, que deveria estar alimentando robustos bezerrinhos? Desceu pela garganta dos nossos inimigos. E as galinhas, quantos ovos puseram este ano, e quantos se transformaram em pintinhos? O resto foi todo ao mercado para trazer dinheiro para Jones e seus homens. E você, Ariel, onde estão aqueles quatro potros que você deu à luz, que deveriam ter sido o apoio e o prazer de sua velhice? Cada um foi vendido com um ano de idade — você nunca mais verá um deles. Em troca de seus quatro potrinhos e todo o seu trabalho nos campos, o que você já teve, exceto suas rações e o estábulo?

— E mesmo as vidas miseráveis que levamos não chegam ao fim de modo natural. Por mim, não resmungo, pois sou um dos sortudos. Tenho doze anos e tive mais de quatrocentos filhos. Essa é a vida natural de porco. Mas nenhum animal escapa da faca cruel no final. Vocês, jovens porcos que estão sentados na minha frente, cada um de vocês vai gritar pelas suas vidas no cepo dentro de um ano. Todos nós enfrentaremos esse horror — vacas, porcos, galinhas, ovelhas, todo mundo. Nem os cavalos e os cachorros têm melhor destino. Você, Tritão, no mesmo dia em que esses seus grandes músculos perderem o poder, Jones o venderá ao esquartejador, que cortará sua garganta e cozinhará sua carne para os cães de caça. Quanto aos cães, quando envelhecerem e ficarem desdentados, Jones amarrará um tijolo em seus pescoços e os afogará todos no lago mais próximo.

— Não está claro, então, camaradas, que todos os males desta nossa vida brotam da tirania dos seres humanos? Ricos e livres. O que devemos fazer, então? Ora, trabalhar noite e dia, corpo e alma, pela derrubada da raça humana! Esta é a minha mensagem para vocês, camaradas: Rebelião! Eu não sei quando essa Rebelião virá, pode ser em uma semana ou em cem anos, mas eu sei, tão certo quanto vejo esta palha sob meus pés, que mais cedo ou mais tarde a justiça será feita. E sobretudo, transmita esta minha mensagem aos que vierem depois de vocês, para que as gerações futuras continuem a luta até que seja vitoriosa.

— E lembre-se, camaradas, sua resolução nunca deve vacilar. Nenhum argumento deve levá-los ao erro. Nunca ouça quando eles lhe disserem que o homem e os animais têm um interesse comum, que a prosperidade de um é a prosperidade dos outros. É tudo mentira. O homem não serve aos interesses de nenhuma criatura, exceto a si mesmo. E entre nós, animais, que haja perfeita unidade, perfeita camaradagem na luta. Todos os homens são inimigos. Todos os animais são camaradas.

Neste momento houve um tremendo alvoroço. Enquanto Major falava, quatro ratos grandes saíram de suas tocas e estavam sentados nas patinhas traseiras, ouvindo-o. Os cães os avistaram de repente, e somente devido à rapidez com que sumiram nos buracos foi que os ratos conseguiram escapar com vida. Major levantou a pata, pedindo silêncio.

— Camaradas — disse ele —, aqui está um ponto que deve ser resolvido. As criaturas selvagens, como ratos e coelhos, são nossos amigos ou nossos inimigos? Vamos colocar esse assunto em votação. Proponho esta pergunta à reunião: Os ratos são camaradas?

A votação foi feita de uma só vez, e foi concordado por uma esmagadora maioria que os ratos eram camaradas. Havia apenas quatro dissidentes, os três cães e o gato, que mais tarde se descobriu ter votado em ambos os lados. Major continuou:

— Tenho pouco mais a dizer. Apenas repito, lembre-se sempre de seu dever de inimizade para com o homem e todos os seus caminhos. Tudo o que anda sobre duas pernas é um inimigo. Tudo o que anda sobre quatro pernas, ou tem asas, é um amigo. E lembre-se também que na luta contra o homem, não devemos ser como ele. Mesmo quando você o tiver vencido, não adote seus vícios. Nenhum animal deve morar em uma casa, ou dormir em uma cama, ou usar roupas, ou beber álcool, ou fumar tabaco, ou tocar em dinheiro, ou se envolver no comércio. Todos os hábitos do homem são maus. E, acima de tudo, nenhum animal deve tiranizar sobre sua própria espécie. Fracos ou fortes, inteligentes ou simples, somos todos irmãos. Nenhum animal deve matar outro animal, todos os animais são iguais.

— E agora, camaradas, vou lhes contar sobre meu sonho de ontem à noite. Não sei como explicá-lo. Foi um sonho sobre como será o mundo quando o homem desaparecer. Mas me lembrou de algo que eu tinha há muito tempo esquecido. Muitos anos atrás, quando eu era um porquinho, minha mãe e as outras porcas costumavam cantar uma velha canção da qual só conheciam a melodia e as três primeiras palavras. Eu conhecia essa melodia na minha infância, mas há muito que tinha saído da minha mente. Ontem à noite, no entanto, voltou à minha mente em meu sonho. E, além disso, as palavras da canção também voltaram — palavras, tenho certeza, que foram cantadas pelos animais de antigamente e estão perdidas na memória por gerações. Vou cantar essa canção para vocês agora, camaradas. Estou velho e minha voz está rouca, mas quando eu lhes ensinar a melodia, vocês poderão cantá-la melhor do que eu. Chama-se *Bichos da Inglaterra*.

O Velho Major pigarreou e começou a cantar. Como ele havia dito, sua voz era rouca, mas cantava bem, e era uma melodia emocionante, algo entre *Clementine* e *La Cucaracha*. Os versos diziam o seguinte:

> *Bichos da Inglaterra e da Irlanda,*
> *Bichos de todas as terras distantes,*
> *Ouçam minha alegre demanda,*
> *Do tempo futuro brilhante.*
>
> *Cedo ou tarde virá o dia,*
> *E nos campos férteis da Inglaterra,*
> *O homem será derrotado junto com sua tirania,*
> *E apenas por animais será habitada a terra.*
>
> *Anéis desaparecerão de nossas ventas,*
> *E os arreios de nossas costas,*
> *Enferrujarão os freios, esporas e outras ferramentas,*
> *Chicotes cruéis não mais estarão a postos.*
>
> *Riquezas mais do que todos imaginarão,*
> *Trigo e cevada, aveia e feno,*
> *Trevo, feijão e manjericão,*
> *Nossos dias serão mais amenos.*

Os campos da Inglaterra brilharão,
Mais puras serão suas águas,
Mais doces ainda suas brisas soprarão,
No dia que nos libertar das mágoas.

Todos nós devemos trabalhar para alcançar esse dia,
Mesmo que morramos antes que chegue o dia da verdade,
Vacas, cavalos, gansos, perus e cotias,
Todos devem trabalhar pela liberdade.

Bichos da Inglaterra e da Irlanda,
Bichos de todas as terras distantes,
Ouçam e espalhem minha alegre demanda,
Do tempo futuro brilhante.

O canto lançou os animais à mais selvagem excitação. Quase antes de Major chegar ao fim, eles começaram a cantar para si mesmos. Até os mais estúpidos já tinham captado a melodia e algumas palavras, e os mais espertos, como os porcos e os cães, memorizaram a música inteira em poucos minutos. E então, depois de algumas tentativas preliminares, toda a fazenda cantou *Bichos da Inglaterra* em um tremendo uníssono. As vacas mugiram, os cães ganiram, as ovelhas baliram, os cavalos relincharam, os patos grasnaram. Eles ficaram tão encantados com a música que a cantaram cinco vezes sucessivamente, e poderiam ter continuado cantando a noite toda se não tivessem sido interrompidos.

Infelizmente, o alvoroço acordou o Sr. Jones, que saltou da cama, certificando-se de que havia uma raposa no quintal. Ele pegou a arma que sempre ficava em um canto de seu quarto e disparou uma carga na escuridão. O chumbo fixou na parede do celeiro e a reunião terminou às pressas. Cada um fugiu para seu canto. Os pássaros pularam em seus poleiros, os animais se acomodaram na palha e toda a fazenda adormeceu em um momento.

"Nenhum animal deve matar qualquer outro animal..."

2

rês noites depois, o velho Major morreu pacificamente enquanto dormia. Seu corpo foi enterrado ao pé do pomar.

Isso foi no início de março. Durante os três meses seguintes houve muita atividade secreta. O discurso de Major tinha dado aos animais mais inteligentes da fazenda uma visão completamente nova da vida. Eles não sabiam quando a Rebelião prevista pelo Major aconteceria, eles não tinham motivos para pensar que seria durante sua própria vida, mas viram claramente que era seu dever se preparar para isso. O trabalho de ensinar e organizar os outros recaiu naturalmente sobre os porcos, que eram reconhecidos como os mais inteligentes dos animais. Destacados entre os porcos estavam dois jovens ilustres chamados Bola de Neve e Napoleão, que o Sr. Jones estava criando para venda. Napoleão era um grande porco da raça Berkshire de aparência bastante feroz, o único Berkshire na fazenda, não muito falador, mas com a reputação de conseguir o que queria. Bola de Neve era um porco mais vivaz do que Napoleão, mais rápido no discurso e mais inventivo, mas não era considerado como tendo a mesma solidez de caráter. Todos os outros porcos machos da fazenda eram castrados. O mais conhecido deles era um porquinho gordo chamado Procópio, de bochechas muito redondas, olhos cintilantes, movimentos ágeis e voz estridente. Ele era um orador brilhante e, quando discutia algum ponto difícil, tinha um jeito de pular de um lado para o outro e balançar o rabo, o que era de alguma forma muito persuasivo. Os outros diziam que Procópio podia transformar preto em branco.

Esses três haviam elaborado os ensinamentos do velho Major em um sistema completo de pensamento, ao qual deram o nome de Animalismo. Várias noites por semana, depois que o Sr. Jones dormia, eles realizavam reuniões secretas no celeiro e expunham os princípios do Animalismo aos outros. No início, eles encontraram muita estupidez e apatia. Alguns dos animais falavam da lealdade ao Sr. Jones, a quem chamavam de "Mestre", ou faziam comentários elementares como "O Sr. Jones nos alimenta. Se ele se fosse, morreríamos de fome". Outros faziam perguntas como "Por que devemos nos importar com o que acontece depois que morremos?" ou "Se esta Rebelião vai acontecer de qualquer maneira, que diferença faz trabalharmos para ela ou não?", e os porcos tiveram grande dificuldade em fazê-los perceber que isso era contrário ao espírito do Animalismo. As perguntas mais estúpidas de todas foram feitas por Serena, a égua branca. A primeira pergunta que ela fez a Bola de Neve foi: "Ainda haverá açúcar depois da Rebelião?"

— Não — disse Bola de Neve com firmeza—, não temos como fazer açúcar nesta fazenda. Além disso, você não precisa de açúcar. Você terá toda a aveia e feno que quiser.

— E ainda terei permissão para usar fitas na minha crina? — perguntou Serena.

— Camarada — disse Bola de Neve —, essas fitas às quais você é tão devota são o emblema da escravidão. Você não consegue entender que a liberdade vale mais do que fitas?

Serena concordou, mas não parecia muito convencida.

Os porcos tiveram uma luta ainda mais difícil para neutralizar as mentiras de Moisés, o corvo domesticado. Moisés, que era o animal de estimação especial do Sr. Jones, era um espião e um fofoqueiro, mas também um conversador inteligente. Ele alegou saber da existência de um país misterioso chamado Montanha de Açúcar, para onde todos os animais iam quando morriam. Estava situado em algum lugar no céu, um pouco além das nuvens, segundo dizia Moisés. Na Montanha de Açúcar era domingo sete dias por semana, o campo floria durante todo o ano, e açúcar em pedaços e bolo de linhaça cresciam nas sebes. Os animais odiavam Moisés porque ele contava histórias e não trabalhava, mas alguns deles acreditavam na Montanha de Açúcar, e os porcos tiveram que argumentar muito para convencê-los de que tal lugar não existia.

Os discípulos mais fiéis eram os dois cavalos de carroça, Tritão e Ariel. Esses dois tiveram grande dificuldade em pensar em algo por si mesmos, mas, uma vez que aceitaram os porcos como seus professores, absorveram tudo o que lhes foi dito e transmitiram os ensinamentos aos outros animais por meio de argumentos simples. Eles eram infalíveis em sua participação nas reuniões secretas no celeiro e lideravam o canto *Bichos da Inglaterra*, com o qual as reuniões sempre terminavam.

Afinal, a Rebelião foi alcançada muito mais cedo e mais facilmente do que qualquer um esperava. Nos últimos anos, o Sr. Jones, embora um mestre duro, tinha sido um fazendeiro capaz, mas ultimamente ele estava em dias ruins. Ele ficou muito desanimado depois de perder dinheiro em um processo e passou a beber bastante. Durante dias inteiros ele ficava sentado em sua cadeira na cozinha, lendo os jornais, bebendo e ocasionalmente alimentando Moisés com pedaços de pão embebidos em cerveja. Seus funcionários eram ociosos e desonestos, os campos estavam cheios de ervas daninhas, os galpões precisavam de telhados, as sebes eram negligenciadas e os animais eram mal alimentados.

Junho chegou e o feno estava quase pronto para ser cortado. Na véspera do Solstício de Verão, que era um sábado, o Sr. Jones foi a Willingdon e bebeu tanto no Leão Vermelho que só voltou ao meio-dia de domingo. Os homens haviam ordenhado as vacas de manhã cedo e depois saído para caçar coelhos, sem se preocupar em alimentar os animais. Quando o Sr. Jones voltou, foi dormir no sofá da sala com o jornal sobre seu rosto, de modo que, quando a noite chegou, os animais ainda não tinham sido alimentados. Por fim, eles não aguentaram mais. Uma das vacas quebrou a porta do galpão com seu chifre e todos os animais começaram a se servir das lixeiras. Foi então que o Sr. Jones acordou. No momento seguinte, ele e seus quatro funcionários estavam no galpão com chicotes nas mãos, chicoteando em todas as direções. Isso era mais do que os animais famintos podiam suportar. De comum acordo, embora nada do tipo tivesse sido planejado de antemão, eles se lançaram sobre seus algozes. Jones e seus homens de repente se viram sendo golpeados e chutados de todos os lados. A situação estava completamente fora de controle. Eles nunca tinham visto animais se comportarem assim antes, e esse súbito levante de criaturas, a quem eles estavam acostumados a surrar e maltratar exatamente como queriam, os apavorou. Depois de apenas um momento ou dois, eles desistiram de tentar se defender e fugiram. Um minuto depois, todos os cinco estavam em plena fuga pela trilha que levava à estrada principal, com os animais os perseguindo triunfantes.

A Sra. Jones olhou pela janela do quarto, viu o que estava acontecendo, atirou apressadamente alguns pertences em uma sacola e saiu da fazenda por outro caminho. Moisés saltou de seu poleiro e voou atrás dela, grasnando alto. Enquanto isso, os animais perseguiram Jones e seus homens na estrada e bateram o portão de cinco barras atrás deles. E assim, quase antes que eles soubessem o que estava acontecendo, a Rebelião foi realizada com sucesso: Jones foi expulso, e a Fazenda Solar era deles.

Nos primeiros minutos, os animais mal puderam acreditar na sorte. O primeiro ato deles foi galopar em bando até os limites da fazenda, como se quisesse ter certeza de que nenhum ser humano estava escondido em qualquer lugar; então eles correram de volta para os galpões da fazenda para eliminar os últimos vestígios do odiado reinado de Jones. A sala de ferramentas no final dos estábulos foi arrombada; os freios, as argolas de nariz, as correntes de cachorro, as cruéis facas com que Jones castrava os porcos e os cordeiros, foram todos jogados no poço. As rédeas, os cabrestos, os antolhos, os bornais degradantes, foram jogados no fogo que ardia no pátio. Assim como os chicotes. Todos os animais pularam de alegria quando viram os chicotes pegando fogo. Bola de Neve também jogou no fogo as fitas que enfeitavam as crinas e caudas dos cavalos em dias de feira. "As fitas", disse ele, "devem ser consideradas como roupas, que são a marca de um ser humano. Todos os animais devem andar nus."

Ao ouvir isso, Tritão foi buscar o pequeno chapéu de palha que usava no verão para manter as moscas longe de suas orelhas e o jogou no fogo com o resto.

Em pouco tempo, os animais destruíram tudo o que os lembrava do Sr. Jones. Napoleão então os levou de volta ao galpão e serviu uma ração dupla de milho para todos, com dois biscoitos para cada cachorro. Então eles cantaram *Bichos da Inglaterra* de ponta a ponta sete vezes seguidas, e depois disso eles se acomodaram e dormiram como nunca tinham dormido antes.

Mas eles acordaram ao amanhecer como de costume e, de repente, lembrando-se da coisa gloriosa que havia acontecido, todos correram para o pasto juntos. Um pouco mais abaixo no pasto havia uma colina que dava para a vista da maior parte da fazenda. Os animais correram para o topo e olharam em volta na clara luz da manhã. Sim, era deles — tudo o que eles podiam ver era deles! No êxtase desse pensamento, eles deram voltas e mais voltas, eles se lançaram no ar em grandes saltos de excitação. Rolaram no orvalho, colheram bocados da erva doce do verão, levantaram torrões de terra negra e aspiraram seu cheiro. Em seguida, fizeram uma ronda de inspeção por toda a fazenda e examinaram com admiração a lavoura, o campo de feno, o pomar, a piscina, o espinheiro.

Então eles voltaram para os galpões da fazenda e pararam em silêncio do lado de fora da casa da fazenda. Também era deles, mas estavam com medo de entrar. Depois de um momento, porém, Bola de Neve e Napoleão abriram a porta com os ombros e os animais entraram em fila indiana, caminhando com o maior cuidado por medo de atrapalhar alguma coisa. Andaram nas pontas dos pés, de quarto em quarto, sussurrando e olhando com uma espécie de assombro o luxo inacreditável, as camas com seus colchões de penas, os espelhos, o sofá de crina de cavalo, o tapete de Bruxelas, a litografia da rainha Vitória sobre a lareira da sala de visitas. Eles estavam descendo as escadas quando deram pela falta de Serena. Voltando, os outros descobriram que ela havia ficado no melhor quarto. Ela pegou um pedaço de fita azul da Sra. Jones na penteadeira, e estava segurando-a contra seu ombro e se admirando no espelho de uma maneira muito tola. Os outros a repreenderam severamente e foram para fora. Alguns presuntos pendurados na cozinha foram levados para fora e enterrados, e o barril de cerveja na copa foi rebentado com um chute do casco de Tritão, além disso, nada na casa foi tocado. Uma resolução unânime foi aprovada no local: a de que a casa da fazenda deveria ser preservada como um museu. Todos concordaram que nenhum animal jamais deveria viver ali.

Os animais tomaram o café da manhã, e foram convocados por Bola de Neve e Napoleão.

— Camaradas — disse Bola de Neve —, são seis e meia e temos um longo dia pela frente. Hoje começamos a colheita do feno. Mas há outro assunto que devemos discutir primeiro.

Os porcos revelaram que durante os últimos três meses eles aprenderam a ler e escrever com um velho livro de ortografia que pertenceu aos filhos do Sr. Jones e que foi jogado no lixo. Napoleão mandou buscar potes de tinta preta e branca e desceu até o portão de cinco barras que dava para a estrada principal. Então Bola de Neve (que escrevia melhor) pegou um pincel entre as juntas da pata, pintou a barra superior do portão onde se lia FAZENDA SOLAR, apagando a inscrição e escreveu FAZENDA DOS ANIMAIS no lugar. Este seria o nome da fazenda a partir de agora. Depois disso, eles voltaram para os prédios da fazenda, onde Bola de Neve e Napoleão mandaram buscar uma escada que eles colocaram contra a parede de fundo do grande celeiro. Eles explicaram que por seus estudos dos últimos três meses os porcos conseguiram reduzir os princípios do Animalismo a Sete Mandamentos. Esses Sete Mandamentos seriam agora escritos na parede; eles formariam uma lei inalterável pela qual todos os animais da Fazenda dos Animais deveriam seguir para sempre. Com alguma dificuldade (pois não é fácil para um porco se equilibrar em uma escada), Bola de Neve subiu e começou a trabalhar, com Procópio alguns degraus abaixo dele segurando o pote de tinta. Os Mandamentos foram escritos na parede alcatroada em grandes letras brancas que podiam ser lidas a trinta metros de distância. Escreveram assim:

OS SETE MANDAMENTOS

1. Tudo o que anda sobre duas pernas é um inimigo.
2. Tudo o que anda sobre quatro patas, ou tem asas, é um amigo.
3. Nenhum animal deve usar roupas.
4. Nenhum animal deve dormir na cama.
5. Nenhum animal deve beber álcool.
6. Nenhum animal deve matar qualquer outro animal.
7. Todos os animais são iguais.

Foi muito bem escrito, exceto que "amigo" foi escrito "amig" e um dos "S" estava ao contrário, o resto da ortografia estava correta. Bola de Neve leu em voz alta para o benefício dos outros. Todos os animais concordaram com a cabeça, e os mais espertos logo começaram a decorar os Mandamentos.

— Agora, camaradas! — exclamou Bola de Neve, jogando o pincel no chão —, para o campo de feno! É uma questão de honra fazer a colheita mais rápido do que Jones e seus homens poderiam fazer.

Mas nesse momento as três vacas, que pareciam inquietas há algum tempo, começaram a mugir alto. Elas não eram ordenhadas havia vinte e quatro horas, e seus úberes estavam quase estourando. Depois de pensar um pouco, os porcos mandaram buscar baldes e ordenharam as vacas com bastante sucesso, pois seus pés estavam bem adaptados a essa tarefa. Logo havia cinco baldes de leite cremoso e espumante para os quais muitos dos animais olhavam com considerável interesse.

— O que vai acontecer com todo esse leite? — perguntou alguém.

— Jones costumava misturar um pouco disso em nosso purê — disse uma das galinhas.

— Não importa o leite, camaradas! — gritou Napoleão, colocando-se na frente dos baldes. A colheita é mais importante. O camarada Bola de Neve vai liderar o caminho. Eu o seguirei em alguns minutos. Avante, camaradas! O feno está esperando.

Assim, os animais desceram para o campo de feno para começar a colheita e, quando voltaram à noite, notaram que o leite havia desaparecido.

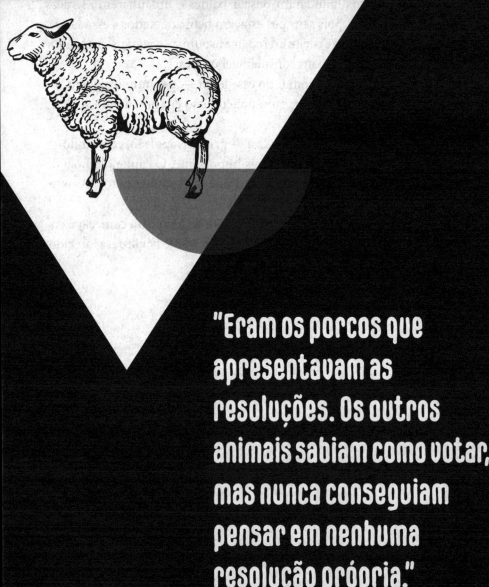

3

omo eles trabalhavam e suavam para conseguir o feno!

Mas seus esforços foram recompensados, pois a colheita foi um sucesso ainda maior do que eles esperavam. Às vezes o trabalho era difícil, os implementos foram projetados para seres humanos e não para animais, e era uma grande desvantagem que nenhum animal pudesse usar qualquer ferramenta que envolvesse ficar em pé sobre as patas traseiras. Mas os porcos eram tão espertos que sempre conseguiam pensar em uma maneira de contornar cada dificuldade. Quanto aos cavalos, eles conheciam cada centímetro do campo e, de fato, entendiam o negócio de ceifar e varrer muito melhor do que Jones e seus homens jamais haviam feito. Os porcos não trabalhavam de fato, mas dirigiam e supervisionavam os outros. Com seu conhecimento superior, era natural que assumissem a liderança. Tritão e Ariel se atrelavam ao cortador ou ao ancinho (não eram necessários freios ou rédeas naqueles dias, é claro) e vagavam sem parar pelo campo com um porco andando atrás e gritando "Puxa, camarada!" ou "Ei, de volta, camarada!", conforme o caso. E todos os animais, até os mais humildes, trabalhavam para juntar o feno e colhê-lo. Até os patos e as galinhas trabalhavam de um lado para o outro ao sol, carregando no bico pequenos tufos de feno. No final, eles terminaram a colheita em dois dias a menos do que costumava levar Jones e seus homens. Além disso, foi a maior colheita que a fazenda já viu. Não houve qualquer desperdício, as galinhas e os patos com seus olhos aguçados haviam recolhido o último talo. E nenhum animal da fazenda havia roubado nem um bocado. Durante todo aquele verão, o trabalho da fazenda funcionou como um relógio. Os animais estavam felizes como nunca imaginaram que fosse possível. Cada bocado de comida era um imenso prazer, agora que a comida era realmente deles, produzida por eles mesmos e para eles mesmos, não distribuída a eles por um mestre relutante. Com o desaparecimento dos seres humanos parasitas inúteis, havia mais para todos comerem. Havia mais lazer também, por mais inexperientes que fossem os animais. Eles encontraram muitas dificuldades — por exemplo, no final do ano, quando eles colhiam o milho, tinham que pisar no estilo antigo e soprar o joio com o fôlego, já que a fazenda não possuía máquina de debulha — mas os porcos com sua esperteza e Tritão com seus músculos incríveis sempre os puxava. Tritão era a admiração de todos. Ele tinha sido um árduo trabalhador, mesmo no tempo de Jones, mas agora ele parecia mais três cavalos do que um; havia dias em que todo o trabalho da fazenda parecia repousar sobre seus ombros poderosos. De manhã à noite, ele estava empurrando e puxando, sempre no local onde o trabalho era mais difícil. Ele havia combinado com um dos galos para acordá-lo meia hora mais cedo do que os outros, e empregava esse tempo em trabalho voluntário no que parecesse ser mais necessário, antes que o trabalho normal do dia começasse. Sua resposta para cada problema, era "Vou trabalhar mais ainda!", frase que ele adotou como seu lema pessoal.

Cada um trabalhava de acordo com sua capacidade. As galinhas e os patos, por exemplo, economizaram cinco baldes de milho na colheita, recolhendo os grãos perdidos. Ninguém roubava, ninguém resmungava sobre suas rações, as brigas, mordidas e ciúmes que eram características normais da vida nos velhos tempos quase desapareceram. Ninguém se esquivou — ou quase ninguém. Serena, é verdade, não era boa em levantar de manhã e parava de trabalhar cedo porque havia uma pedra em seu casco. E o comportamento do gato era um tanto peculiar. Logo se percebeu que, quando havia trabalho a ser feito, o gato nunca podia ser encontrado. Ele desaparecia por horas a fio e depois reaparecia na hora das refeições, ou à noite, depois que o trabalho acabava, como se nada tivesse acontecido. Mas ele sempre dava desculpas excelentes, e ronronava com tanto carinho, que era impossível não acreditar em suas boas intenções. O velho Benjamin, o burro, parecia inalterado desde a Rebelião. Ele fazia seu trabalho da mesma maneira lenta e obstinada como fizera no tempo de Jones, nunca se esquivando e nunca se voluntariando para trabalho extra. Sobre a Rebelião e seus resultados ele não opinava. Quando perguntado se ele não estava mais feliz agora que Jones se foi, ele respondia "Os burros vivem muito tempo. Nenhum de vocês jamais viu um burro morto", e os outros tinham que se contentar com essa resposta enigmática.

Aos domingos não havia trabalho. O desjejum era uma hora mais tarde do que o habitual, e depois do desjejum havia uma cerimônia que se realizava todas as semanas sem falta. Começava com o hasteamento da bandeira. Bola de Neve encontrara na sala dos arreios uma velha toalha de mesa verde da Sra. Jones e pintara nela um casco e um chifre de branco. Essa era bandeira que subia ao topo do mastro todos os domingos pela manhã. A bandeira era verde, explicava Bola de Neve, para representar os campos verdes da Inglaterra, enquanto o casco e o chifre significavam a futura República dos Animais que surgiria quando a raça humana fosse finalmente derrubada. Após o hasteamento da bandeira, todos os animais marchavam para o grande celeiro para uma assembleia geral que ficou conhecida como Reunião. Aqui o trabalho da próxima semana era planejado e as resoluções eram apresentadas e debatidas. Eram os porcos que apresentavam as resoluções. Os outros animais sabiam como votar, mas nunca conseguiam pensar em nenhuma resolução própria. Bola de Neve e Napoleão eram de longe os mais ativos nos debates. Mas notou-se que esses dois nunca estavam de acordo: qualquer sugestão que um deles fizesse, o outro poderia se opor. Mesmo quando foi resolvido — algo que ninguém poderia se opor — que o pequeno cercado atrás do pomar seria um lar de descanso para os animais aposentados, houve também um debate tempestuoso sobre a idade correta de aposentadoria para cada classe de animal. A Reunião terminava sempre com o canto *Bichos da Inglaterra*, e a tarde destinava-se à recreação.

Os porcos tinham reservado a sala de ferramentas como quartel-general para si mesmos. Ali, à noite, eles estudavam mecânica, carpintaria e outras artes necessárias a partir de livros que haviam trazido da casa da fazenda. Bola de Neve também se ocupou em organizar os outros animais no que chamou de Comitês de Animais. Ele era incansável nisso. Ele formou o Comitê de Produção de Ovos para as galinhas, a Liga de Caudas Limpas para as vacas, o Comitê de Reeducação dos Camaradas Selvagens (o objetivo disso era domar os ratos e coelhos), o Movimento da Lã Mais Branca para as ovelhas e vários outros, além de instituir aulas de leitura e escrita. No geral, esses projetos foram um fracasso. A tentativa de domar as criaturas selvagens, por exemplo, fracassou quase imediatamente. Eles continuaram a se comportar como antes, e quando tratados com generosidade, tiravam proveito da oportunidade. O gato ingressou no Comitê de Reeducação e foi muito ativo nele por alguns dias. Ele foi visto um dia sentado em um telhado conversando com alguns pardais que estavam fora de seu alcance. Ele estava dizendo a eles que todos os animais eram agora camaradas e que qualquer pardal que escolhesse poderia vir e pousar em sua pata; mas os pardais mantiveram distância.

As aulas de leitura e escrita, no entanto, foram um grande sucesso. No outono, quase todos os animais da fazenda estavam alfabetizados em algum grau.

Quanto aos porcos, eles já sabiam ler e escrever perfeitamente. Os cães aprenderam a ler razoavelmente bem, mas não estavam interessados em ler nada além dos Sete Mandamentos. Esmeralda, a cabra, sabia ler um pouco melhor do que os cães, e às vezes costumava ler para os outros à noite pedaços de jornal que encontrava no lixo. Benjamin sabia ler tão bem quanto qualquer porco, mas nunca exerceu sua faculdade. Até onde ele sabia, dizia ele, não havia nada que valesse a pena ler. Ariel aprendeu todo o alfabeto, mas não conseguia juntar as palavras. Tritão não conseguia ir além da letra D. Ele traçava A, B, C, D, na poeira com seu grande casco, e depois ficava olhando para as letras com as orelhas para trás, às vezes balançando o topete, tentando com a sua força lembrar o que vinha a seguir e nunca tinha sucesso. Em várias ocasiões, na verdade, ele aprendeu E, F, G, H, mas no momento em que conseguia, sempre descobria que ele havia esquecido A, B, C e D. Finalmente ele decidiu se contentar com as primeiras quatro letras, e costumava escrevê-las uma ou duas vezes por dia para refrescar sua memória. Serena se recusou a aprender qualquer outra, exceto as seis letras que formavam seu próprio nome. Ela as formava com muito capricho com pedaços de galho, e então as decorava com uma ou duas flores e andava em volta delas admirando-as.

Nenhum dos outros animais da fazenda conseguia ir além da letra A. Descobriu-se também que os animais mais estúpidos, como as ovelhas, galinhas e patos, eram incapazes de aprender os Sete Mandamentos de cor. Depois de muito pensar, Bola de Neve declarou que os Sete Mandamentos poderiam, na verdade, ser reduzidos a uma única máxima, a saber: "Quatro pernas bom, duas pernas ruim". Isso, dizia ele, continha o princípio essencial do Animalismo. Quem tivesse compreendido estaria a salvo das influências humanas. Os pássaros a princípio se opuseram, pois, lhes parecia que também tinham duas patas, mas Bola de Neve provou-lhes que não era assim.

— A asa de um pássaro, camaradas — disse ele —, é um órgão de propulsão e não de manipulação. Portanto, deve ser considerada uma perna. A marca distintiva do homem é a mão, o instrumento com o qual ele faz todas as suas travessuras.

Os pássaros não entenderam as longas palavras de Bola de Neve, mas aceitaram sua explicação, e todos os animais mais humildes começaram a trabalhar para aprender de cor a nova máxima. QUATRO PERNAS BOM, DUAS PERNAS RUIM, que foi escrito na parede do fundo do celeiro, acima dos Sete Mandamentos e em letras maiores. Depois de decorá-la, as ovelhas passaram a gostar muito dessa máxima e, muitas vezes, deitadas no campo, todas começavam a balir:

George Orwell

"QUATRO PERNAS BOM, DUAS PERNAS RUIM! QUATRO PERNAS BOM, DUAS PERNAS RUIM!"

E baliam horas a fio, sem nunca se cansar.

Napoleão não se interessou pelos comitês de Bolas de Neve. Ele disse que a educação dos jovens era mais importante do que qualquer coisa que pudesse ser feita por aqueles que já eram adultos. Aconteceu que Kika e Luca pariram logo após a colheita do feno, dando à luz nove filhotes robustos. Assim que foram desmamados, Napoleão os afastou de suas mães, dizendo que se responsabilizaria por sua educação. Ele os levou para um sótão que só podia ser alcançado por uma escada da sala das ferramentas, e lá os manteve em tal reclusão que o resto da fazenda logo esqueceu de sua existência.

O mistério de para onde foi o leite se esclareceu. Era misturado todos os dias no purê dos porcos. As primeiras maçãs estavam agora amadurecendo, e a grama do pomar estava repleta de colheitas inesperadas. Os animais presumiram naturalmente que as frutas fossem divididas igualmente; um dia, porém, chegou a ordem para que todas as frutas caídas fossem recolhidas e levadas ao depósito das ferramentas, para consumo dos porcos.

Com isso alguns dos outros animais murmuraram, mas não adiantou. Todos os porcos estavam de pleno acordo nesse ponto, até Bola de Neve e Napoleão. Procópio foi enviado para dar as explicações necessárias aos demais.

— Camaradas! — ele gritou —, vocês não imaginam, espero, que nós, porcos, estamos fazendo isso com espírito de egoísmo e privilégio. Muitos de nós não gostam de leite e maçãs. Eu mesmo não gosto. Nosso único objetivo ao tomar essas coisas é preservar nossa saúde. Leite e maçãs (isso foi comprovado pela ciência, camaradas) contêm substâncias absolutamente necessárias à saúde de um porco. Nós, porcos, somos trabalhadores intelectuais. Toda a gestão e organização desta fazenda depende de nós. Dia e noite estamos zelando pelo bem-estar de todos. É por causa de vocês que bebemos esse leite e comemos essas maçãs. Vocês sabem o que aconteceria se nós, porcos, fa-

A REVOLUÇÃO DOS BICHOS

lhássemos em nosso dever? Jones voltaria! Sim, Jones voltaria! Certamente, camaradas —, gritou Procópio quase suplicante, pulando de um lado para o outro balançando o rabo. Certamente não há ninguém entre vocês que queira ver Jones voltar.

Agora, se havia uma coisa de que os animais estavam completamente certos, era que eles não queriam Jones de volta. Quando foi colocado esta opção, eles não tinham mais nada a dizer. A importância de manter os porcos em boa saúde era muito óbvia. Assim, foi acordado sem mais argumentos que o leite e as maçãs inesperadas (e também a colheita principal de maçãs quando maduras) deveriam ser reservados para os porcos.

"Bola de Neve, que estudara um velho livro das campanhas de Júlio César, estava encarregado das operações defensivas."

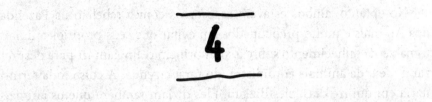

No final do verão, as notícias do que acontecera na Fazenda dos Animais se espalharam pelo condado. Todos os dias Bola de Neve e Napoleão enviavam bandos de pombos cujas instruções eram misturar-se com os animais nas fazendas vizinhas, contar-lhes a história da Rebelião e ensinar-lhes a canção *Bichos da Inglaterra*.

A maior parte desse tempo o Sr. Jones passou sentado na taverna do Leão Vermelho em Willingdon, reclamando com quem quisesse ouvir sobre a monstruosa injustiça que ele sofrera ao ser expulso de sua propriedade por um bando de animais imprestáveis. Os outros fazendeiros simpatizaram em princípio, mas não lhe ofereceram ajuda. No fundo, cada um deles se perguntava secretamente se não poderia de alguma forma transformar o infortúnio de Jones em seu próprio benefício. Foi uma sorte que os donos das duas fazendas adjacentes à Fazenda dos Animais estivessem permanentemente em más relações. Uma delas, que se chamava *Foxwood*, era uma fazenda grande, abandonada e antiquada, coberta de mata, com todos os seus pastos desgastados e suas cercas em condições vergonhosas. Seu proprietário, Sr. Pilkington, era um agricultor descontraído que passava a maior parte do tempo pescando ou caçando de acordo com a estação. A outra fazenda, que se chamava *Pinchfield*, era menor e mais bem conservada. Seu dono era um certo Sr. Frederick, um homem duro e astuto, perpetuamente envolvido em ações judiciais e com fama de conduzir barganhas difíceis. Esses dois não gostavam um do outro e era difícil eles chegarem a um acordo, mesmo em defesa de seus próprios interesses.

No entanto, ambos estavam assustados com a rebelião na Fazenda dos Animais e muito preocupados em evitar que seus próprios animais tomassem conhecimento sobre isso. A princípio, fingiam rir para despezar a ideia de animais administrando uma fazenda. A coisa toda terminaria em quinze dias, eles diziam. Eles diziam também que os animais da Fazenda Solar (eles insistiam em chamá-la de Fazenda Solar; pois não toleravam o nome "Fazenda dos Animais") estavam perpetuamente lutando entre si e também estavam morrendo de fome rapidamente. Quando o tempo passou e os animais evidentemente não morreram de fome, Frederick e Pilkington mudaram de tom e começaram a falar da terrível maldade que agora florescia na Fazenda dos Animais. Foi divulgado que os animais ali praticavam canibalismo, torturavam uns aos outros com ferraduras em brasa e tinham suas fêmeas em comum. Foi isso que resultou a revolta contra as leis da natureza, diziam Frederick e Pilkington.

No entanto, nunca ninguém acreditou nessas histórias. Rumores de uma fazenda maravilhosa, onde os seres humanos haviam sido expulsos e os animais administravam seus próprios negócios, continuaram a circular de formas vagas e distorcidas, e durante todo aquele ano uma onda de rebeldia percorreu o campo. Os touros, que sempre foram dóceis, de repente se tornaram selvagens, as ovelhas quebraram as cercas e devoraram o trevo, as vacas chutaram os baldes, os cavalos de salto refugavam os obstáculos, jogando os cavaleiros para o outro lado. Acima de tudo, a melodia e até as palavras de *Bichos da Inglaterra* tornaram-se conhecidas em todos os lugares. Espalhou-se com uma velocidade espantosa. Os seres humanos não conseguiam conter sua raiva quando ouviam essa música, embora fingissem pensar que era apenas ridícula. Eles não conseguiam entender, diziam, como até os animais conseguiam cantar uma bobagem tão desprezível. Qualquer animal pego cantando era açoitado no local. E, no entanto, a música era irreprimível. Os melros assobiavam-na nas sebes, os pombos arrulhavam-na nos ulmeiros, entrava no alarido das ferrarias e na melodia dos sinos das igrejas. E quando os seres humanos a ouviam, eles secretamente tremiam, ouvindo nela uma profecia de seu destino.

No início de outubro, quando o milho estava cortado e empilhado e parte dele já estava debulhado, uma revoada de pombos veio rodopiando pelo ar e pousou no pátio da Fazenda dos Animais em agitação. Jones e todos os seus homens, com meia dúzia de outros de Foxwood e Pinchfield, haviam entrado pelo portão de cinco barras e estavam subindo a trilha que levava à fazenda. Todos carregavam bastões, exceto Jones, que marchava à frente com uma arma nas mãos. Obviamente eles iriam tentar a recaptura da fazenda.

Isso era esperado há muito tempo, e todos os preparativos haviam sido feitos. Bola de Neve, que estudara um velho livro das campanhas de Júlio César que encontrara na casa da fazenda, estava encarregado das operações defensivas. Ele deu suas ordens rapidamente e, em alguns minutos, todos os animais estavam preparados.

Quando os homens se aproximaram dos galpões da fazenda, Bola de Neve lançou seu primeiro ataque. Todos os pombos, em número de trinta e cinco, voaram para lá e para cá sobre as cabeças dos homens e defecaram sobre eles no ar; e enquanto os homens lidavam com isso, os gansos, que estavam escondidos atrás da cerca viva, correram e bicaram ferozmente as panturrilhas de suas pernas. No entanto, esta foi apenas uma manobra de escaramuça leve, destinada a criar um pouco de desordem, e os homens facilmente expulsaram os gansos com suas varas. Bola de Neve lançou sua segunda linha de ataque. Esmeralda, Benjamin e todas as ovelhas, com Bola de Neve à frente, correram para a frente, cutucaram e bateram nos homens de todos os lados, enquanto Benjamin se virava e os açoitava com seus cascos pequenos. Mas, mais uma vez, os homens, com suas bengalas e suas botas com cravos, eram fortes demais para eles; e de repente, a um guincho de Bola de Neve, que era o sinal de retirada, todos os animais se viraram e fugiram pelo portão em direção ao pátio.

Os homens deram um grito de triunfo. Eles viram, como imaginavam, seus inimigos em fuga e correram atrás deles. Isso era exatamente o que Bola de Neve pretendia. Assim que estavam bem dentro do pátio, os três cavalos, as três vacas e o resto dos porcos, que estavam emboscados no estábulo, de repente surgiram na retaguarda, cortando-os. Bola de Neve agora deu o sinal de carga. Ele próprio correu direto para Jones. Jones o viu chegando, ergueu a arma e disparou. Os projéteis marcaram rastros de sangue nas costas de Bola de Neve e uma ovelha caiu morta. Sem parar por um instante, Bola de Neve se atirou contra as pernas de Jones. Jones foi jogado em uma pilha de esterco e sua arma voou de suas mãos. Mas o espetáculo mais aterrorizante de todos foi Tritão, erguendo-se sobre as patas traseiras e golpeando com seus grandes cascos com ferraduras como um garanhão. Seu primeiro golpe atingiu um cavalariço de Foxwood no crânio e o atirou na lama. Com a visão, vários homens largaram seus bastões e tentaram correr. O pânico tomou conta deles e, no momento seguinte, todos os animais juntos os perseguiram ao redor do pátio. Eles foram chifrados, chutados, mordidos e pisoteados. Não havia um animal na fazenda que não se vingasse deles à sua maneira. Até a gata de repente pulou de um telhado sobre os ombros de um vaqueiro e afundou suas garras em seu pescoço, e ele gritou horrivelmente. No momento em que a abertura estava livre, os homens ficaram felizes o suficiente para sair correndo do pátio e correr para a estrada principal.

Todos os homens se foram, exceto um. De volta ao pátio, Tritão estava apalpando com o casco o rapaz que estava caído de bruços na lama, tentando virá-lo. O rapaz não se mexia.

— Ele está morto — disse Tritão com tristeza. Eu não tinha intenção de fazer isso. Esqueci que estava usando ferraduras. Quem vai acreditar que não fiz isso de propósito?

— Sem sentimentalismo, camarada — gritou Bola de Neve, de cujas feridas o sangue ainda escorria. Guerra é guerra. O único ser humano bom é um morto.

— Não tenho vontade de tirar a vida de ninguém, nem mesmo a vida humana — repetiu Tritão, com os olhos cheios de lágrimas.

— Onde está Serena? — perguntou alguém.

Serena na verdade estava desaparecida. Por um momento houve grande alarme, temia-se que os homens pudessem tê-la prejudicado de alguma forma, ou até mesmo a levado com eles. No final, no entanto, ela foi encontrada escondida em sua baia com a cabeça enterrada no feno da manjedoura. Ela tinha fugido assim que a arma disparou. E quando os outros voltaram a procurá-la, descobriram que o rapaz, na verdade estava apenas atordoado, e já havia se recuperado e fugido.

Os animais agora se reuniram com a mais selvagem excitação, cada um contando suas próprias façanhas na batalha com a voz mais alta possível. Uma celebração improvisada da vitória foi realizada imediatamente. A bandeira foi hasteada e *Bichos da Inglaterra* foi cantada várias vezes, então a ovelha que havia sido morta recebeu um funeral solene, um arbusto de espinheiro foi plantado em seu túmulo. Ao lado do túmulo, Bola de Neve fez um pequeno discurso, enfatizando a necessidade de todos os animais estarem prontos para morrer pela Fazenda dos Animais, se necessário.

Os animais decidiram por unanimidade criar uma condecoração militar, "Herói Animal, Primeira Classe", que foi conferida ali mesmo a Bola de Neve e Tritão. Consistia em uma medalha de latão (eram na verdade alguns antigos bronzes dos arreios que haviam sido encontrados na sala de ferramentas), para serem usados aos domingos e feriados. Havia também "Herói Animal, Segunda Classe", que foi conferido postumamente à ovelha morta.

Houve muita discussão sobre como a batalha deveria ser chamada. No final, foi batizada de Batalha do Estábulo, pois foi lá que a emboscada foi lançada. A arma do Sr. Jones foi encontrada na lama, e sabia-se que havia um suprimento de cartuchos na casa da fazenda. Decidiu-se colocar a arma ao pé do mastro, como uma peça de artilharia, e dispará-la duas vezes por ano — uma vez no dia doze de outubro, aniversário da Batalha do Estábulo, e outra no dia do solstício de verão, o aniversário da Rebelião.

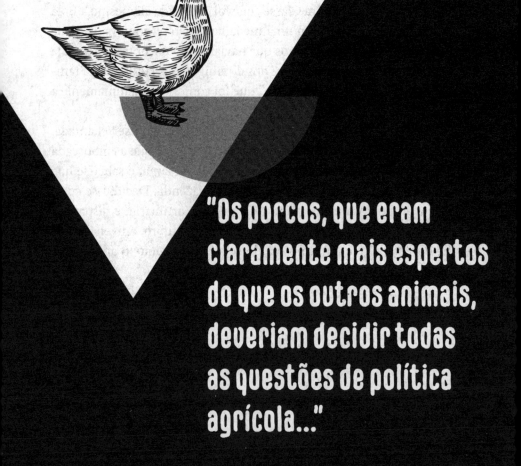

"Os porcos, que eram claramente mais espertos do que os outros animais, deveriam decidir todas as questões de política agrícola..."

5

À medida que o inverno se aproximava, Serena se tornava cada vez mais problemática. Atrasava-se todas as manhãs para o trabalho e desculpava-se dizendo que tinha dormido demais, queixando-se de dores misteriosas, embora seu apetite fosse excelente. Sob todo tipo de pretexto, ela fugia do trabalho e ia para o açude, onde ficava olhando tolamente para seu próprio reflexo na água. Mas também havia rumores de algo mais sério. Um dia, enquanto Serena passeava alegremente pelo quintal, flertando com o rabo comprido e mastigando um talo de feno, Ariel a chamou de lado.

— Serena — disse ela —, tenho algo muito sério para lhe dizer. Esta manhã vi você olhando por cima da cerca viva que divide a Fazenda Animal de Foxwood. Um dos homens do Sr. Pilkington estava do outro lado da cerca. E... eu estava muito longe, mas tenho quase certeza de ter visto isso... ele estava falando com você e você estava permitindo que ele acariciasse seu nariz. O que isso significa, Serena?

— Ele não! Eu não! Não é verdade! — exclamou Serena, começando a empinar-se e bater as patas no chão.

— Serena! Olhe na minha cara. Você me dá sua palavra de honra de que aquele homem não estava acariciando seu nariz?

— Não é verdade! — repetiu Serena, mas ela não conseguia olhar Ariel no rosto, e no momento seguinte ela deu um salto e galopou para o campo.

Um pensamento atingiu Ariel. Sem dizer nada aos outros, ela foi até a baia de Serena e virou a palha com o casco. Escondidos sob o canudo havia uma pequena pilha de torrões de açúcar e vários feixes de fitas de cores diferentes.

Três dias depois, Serena desapareceu. Durante algumas semanas nada se soube do seu paradeiro, depois os pombos informaram que a tinham visto do outro lado de Willingdon. Ela estava atrelada a uma bonita carroça pintada de vermelho e preto, em frente a uma taberna. Um homem gordo, de rosto vermelho e calções xadrez e polainas, que parecia um taberneiro, acariciava seu nariz e a alimentava com açúcar. Seu pelo fora recentemente rasqueteado e ela usava uma fita escarlate em volta do topete. Ela parecia estar se divertindo, assim disseram os pombos. Nenhum dos animais jamais mencionou Serena novamente.

Em janeiro veio um tempo amargamente duro. A terra era como ferro, e nada podia ser feito nos campos. Muitas reuniões foram realizadas no grande celeiro, e os porcos se ocuparam em planejar o trabalho da próxima temporada. Chegou-se a aceitar que os porcos, que eram claramente mais espertos do que os outros animais, deveriam decidir todas as questões de política agrícola, embora suas decisões tivessem que ser ratificadas por maioria de votos. Esse arranjo teria funcionado bem se não fossem as disputas entre Bola de Neve e Napoleão. Esses dois discordavam em todos os pontos em que o desacordo era possível. Se um deles sugerisse semear uma área maior com cevada, o outro certamente exigiria uma área maior de aveia, e se um deles dissesse que tal ou tal campo era adequado para repolhos, o outro declararia que era inútil para qualquer coisa, exceto raízes. Cada um tinha seus próprios seguidores, e houve alguns debates violentos. Nas Reuniões, Bola de Neve muitas vezes conquistava a maioria por seus discursos brilhantes, mas Napoleão era melhor em angariar apoio para si mesmo nos intervalos. Ele foi especialmente bem-sucedido com as ovelhas. Ultimamente, as ovelhas criaram o hábito de balir "Quatro patas bom, duas pernas ruim", e muitas vezes interrompiam a Reunião com isso. Notou-se que elas eram especialmente propensas a balir "Quatro pernas bom, duas pernas ruim" em momentos cruciais nos discursos de Bola de Neve. Ele estudara atentamente alguns números anteriores da revista do Fazendeiro e Pecuarista que havia encontrado na casa da fazenda, e estava cheio de planos inovadores e melhorias. Ele falava eruditamente sobre drenos de campo, silagem e fertilização, e havia elaborado um esquema complicado para que todos os animais jogassem seu esterco diretamente nos campos, em um local diferente a cada dia, para economizar o trabalho de transporte. Napoleão não apresentou nenhum esquema próprio, mas disse baixinho que o de Bola de Neve não daria em nada e ele parecia estar ganhando tempo. Mas de todas as suas controvérsias, nenhuma foi tão amarga quanto a que ocorreu sobre o moinho de vento.

No longo pasto, não muito longe das construções da fazenda, havia uma pequena colina que era o ponto mais alto da fazenda. Após a análise do terreno, Bola de Neve declarou que ali seria um bom lugar para um moinho de vento, que poderia ser feito para operar um dínamo e fornecer energia elétrica à fazenda. Isso iluminaria as baias e as aqueceria no inverno, e também acionaria uma serra circular, um cortador de palha, um cortador de beterraba e uma máquina de ordenha elétrica. Os animais nunca tinham ouvido falar de nada desse tipo antes (pois a fazenda era antiquada e tinha apenas máquinas primitivas), e eles ouviram atônitos enquanto Bola de Neve evocava imagens de máquinas fantásticas que fariam seu trabalho por eles, enquanto pastariam à vontade nos campos ou aprimorariam suas mentes com leitura e conversação.

Dentro de algumas semanas, os planos de Bola de Neve para o moinho de vento foram totalmente elaborados. Os detalhes mecânicos vinham principalmente de três livros que haviam pertencido ao Sr. Jones — *Mil Coisas Úteis para Fazer em Casa, Seja Seu Próprio Pedreiro e Eletricidade para Iniciantes*. Bola de Neve usou como escritório um galpão que já havia sido usado para incubadoras e tinha um piso de madeira liso, adequado para desenhar. Ele ficou trancado lá por horas a fio. Com seus livros abertos por uma pedra e com um pedaço de giz preso entre os nós dos dedos, ele se movia rapidamente de um lado para outro, desenhando linha após linha e soltando pequenos gemidos de excitação. Gradualmente, os planos se transformaram em um jogo complicado de manivelas e rodas dentadas, cobrindo mais da metade do piso, que os outros animais acharam completamente incompreensível, mas muito impressionante. Todos vinham ver os desenhos de Bola de Neve pelo menos uma vez por dia. Até as galinhas e os patos vieram, e se esforçaram para não pisar nas marcas de giz. Apenas Napoleão se manteve distante. Ele havia se declarado contra o moinho de vento desde o início. Um dia, porém, ele chegou inesperadamente para examinar os planos. Andou pesadamente em volta do galpão, olhou atentamente para cada detalhe dos planos e farejou-os uma ou duas vezes, depois ficou parado por um tempo contemplando-os com o canto do olho; então, de repente, ele levantou a perna, urinou sobre os planos e saiu sem dizer uma palavra.

Toda a fazenda estava profundamente dividida sobre o moinho de vento. Bola de Neve não negava que sua construção seria um negócio difícil. A pedra teria que ser extraída para construir paredes, então as pás teriam que ser feitas e depois disso haveria necessidade de dínamos e cabos. (Como eles seriam obtidos, Bola de Neve não disse.) Mas ele sustentou que tudo poderia ser feito em um ano. E depois disso, ele declarou, que seria economizado tanto trabalho que os animais só precisariam trabalhar três dias por semana. Napoleão, por outro lado, argumentava que a grande necessidade do momento era aumentar a produção de alimentos e que, se perdessem tempo no moinho, todos morreriam de fome. Os animais dividiram-se em duas facções sob os slogans "Vote em Bola de Neve e na semana de três dias" e "Vote em Napoleão e na manjedoura cheia". Benjamim foi o único animal que não aderiu a lado nenhum. Recusava-se a acreditar, tanto em que haveria fartura de alimento, como em que o moinho de vento economizaria trabalho. Moinho ou não moinho, dizia ele, a vida prosseguiria como sempre fora — ou seja, mal.

Além das disputas pelo moinho, havia a questão da defesa da fazenda. Compreendeu-se plenamente que, embora os seres humanos tivessem sido derrotados na Batalha do Estábulo, eles poderiam fazer outra tentativa mais determinada de recapturar a fazenda e reintegrar o Sr. Jones. Eles tinham ainda mais motivos para fazê-lo porque a notícia de sua derrota se espalhou pelo campo e tornou os animais das fazendas vizinhas mais inquietos do que nunca. Como de costume, Bola de Neve e Napoleão estavam em desacordo. Segundo Napoleão, o que os animais deveriam fazer era adquirir armas de fogo e treinar o uso. De acordo com Bola de Neve, eles deviam enviar cada vez mais pombos e incitar a rebelião entre os animais das outras fazendas. Um argumentou que se eles não pudessem se defender, eles estariam fadados a serem conquistados, o outro argumentou que, se as rebeliões acontecessem em todos os lugares, eles não teriam necessidade de se defender. Os animais ouviram primeiro Napoleão, depois Bola de Neve, e não conseguiram decidir o que estava certo; aliás, sempre se encontravam de acordo com aquele que falava no momento.

Finalmente chegou o dia em que os planos de Bola de Neve foram concluídos. Na reunião do domingo seguinte, a questão de começar ou não a trabalhar no moinho de vento foi colocada em votação. Quando os animais se reuniram no grande celeiro, Bola de Neve se levantou e, embora ocasionalmente interrompido pelo balido das ovelhas, expôs suas razões para defender a construção do moinho de vento. Então Napoleão se levantou para responder. Ele disse muito baixinho que o moinho de vento era um absurdo e que não aconselhou ninguém a votar nele, e prontamente sentou-se novamente; ele havia falado por apenas trinta segundos e parecia quase indiferente ao efeito que produziu. Nesse momento, Bola de Neve pôs-se de pé e calou a gritos as ovelhas que começavam a balir de novo, e irrompeu num apelo em favor do moinho de vento. Até agora os animais estavam divididos igualmente em suas simpatias, mas em um momento a eloquência de Bola de Neve os levou embora. Em frases brilhantes, ele pintou um quadro da Fazenda dos Animais como ela poderia ser quando o trabalho sórdido fosse tirado das costas dos animais. Sua imaginação agora ia muito além de moinhos de cereais e cortadores de nabo. A eletricidade, disse ele, poderia operar debulhadoras, arados, grades, rolos, ceifeiras e ligantes, além de abastecer cada baia com sua própria luz elétrica, água quente e fria e um aquecedor elétrico. Quando ele terminou de falar, não havia dúvida sobre qual seria o rumo da votação. Mas nesse exato momento Napoleão se levantou e, lançando um olhar peculiar de soslaio para Bola de Neve, soltou um gemido agudo de um tipo que ninguém jamais o ouvira proferir antes.

Com isso, ouviu-se um terrível latido do lado de fora, e nove cães enormes, usando coleiras cravejadas de latão, entraram saltitando no celeiro. Eles correram direto para Bola de Neve, que saltou de seu lugar bem a tempo de escapar de suas mandíbulas. Em um instante ele saiu porta afora, e os cães atrás dele. Espantados e assustados demais para falar, todos os animais se amontoaram na porta para assistir à perseguição. Bola de neve corria pelo longo pasto que levava à estrada. Ele correu como só um porco pode correr, mas os cães estavam perto de seus calcanhares. De repente, ele escorregou e parecia certo que eles o pegariam. Mas levantou-se e correu como um desesperado, então os cachorros se aproximaram dele novamente. Um deles quase fechou a boca no rabo de Bola de Neve, que o sacudiu bem a tempo. Então ele deu um impulso extra e, ganhando alguma vantagem, enfiou-se por um buraco da sebe e sumiu.

Silenciosos e aterrorizados, os animais voltaram para o celeiro. Em seguida os cães chegaram saltitando. A princípio, ninguém conseguia imaginar de onde vinham essas criaturas, mas o problema logo foi resolvido: eram os filhotes que Napoleão havia tirado de suas mães e criado em particular. Embora ainda não crescidos, eram cães enormes e tão ferozes quanto lobos. Mantiveram-se perto de Napoleão. Percebeu-se que eles abanavam o rabo para ele da mesma forma que os outros cães costumavam fazer com o Sr. Jones.

Napoleão, com os cães o seguindo, subiu na parte elevada do piso onde Major havia feito seu discurso. Anunciou que a partir de agora as reuniões de domingo de manhã chegariam ao fim. Elas eram desnecessárias, disse ele, e desperdiçavam tempo. No futuro, todas as questões relativas ao funcionamento da fazenda seriam resolvidas por uma comissão especial de porcos, presidida por ele. Estes se reuniam em particular e depois comunicavam suas decisões aos demais. Os animais ainda iriam se reunir nas manhãs de domingo para saudar a bandeira, cantar *Bichos da Inglaterra* e receber seus pedidos para a semana; mas não haveria mais debates.

Apesar do choque que a expulsão de Bola de Neve lhes causou, os animais ficaram consternados com esse anúncio. Vários deles teriam protestado se pudessem encontrar os argumentos certos. Até Tritão estava vagamente perturbado. Ele colocou as orelhas para trás, balançou o topete várias vezes e se esforçou para organizar seus pensamentos; mas no final ele não conseguia pensar em nada para dizer. Alguns dos próprios porcos, no entanto, eram mais articulados. Quatro jovens porcos na primeira fila soltaram gritos estridentes de desaprovação, e todos os quatro se levantaram e começaram a falar ao mesmo tempo. Mas, de repente, os cães sentados ao redor de Napoleão soltaram rosnados profundos e ameaçadores, e os porcos ficaram em silêncio e se sentaram novamente. Então as ovelhas irromperam em um tremendo balido: "Quatro pernas bom, duas pernas ruim!"

Depois, Procópio foi enviado para explicar a nova situação.

— Camaradas — disse ele —, acredito que todos os animais aqui compreendem o sacrifício que o camarada Napoleão fez ao assumir esse trabalho extra. Não imaginem, camaradas, que a liderança é um prazer. Na verdade, é uma imensa responsabilidade. Ninguém acredita mais firmemente do que o camarada Napoleão que todos os animais são iguais. Ele ficaria muito feliz em deixar cada um tomar suas decisões. Mas às vezes vocês podem tomar decisões erradas, camaradas, e então onde iríamos parar? Suponha que alguém tenha decidido seguir Bola de Neve, com seus sonhos de moinhos de vento — Bola de Neve, que, como sabemos agora, não passava de um criminoso.

— Ele lutou bravamente na Batalha do Estábulo — disse alguém.

— A bravura não é suficiente — disse Procópio. Lealdade e obediência são mais importantes. E quanto à Batalha do Estábulo, acredito que chegará o momento em que descobriremos que a participação de Bola de Neve nela foi muito exagerada. Disciplina, camaradas, disciplina de ferro! Essa é a palavra de ordem para hoje. Um passo em falso e nossos inimigos estariam sobre nós. Certamente, camaradas, vocês não querem Jones de volta, não é?

Mais uma vez, o argumento era incontestável. Certamente os animais não queriam Jones de volta; e se a realização de debates nas manhãs de domingo era suscetível a trazê-lo de volta, então os debates deveriam parar. Tritão, que agora tivera tempo para refletir sobre as coisas, expressou o sentimento geral dizendo:

— Se o camarada Napoleão diz, deve estar certo.

E a partir de então adotou a máxima: "Napoleão tem sempre razão", além de seu lema particular: "Trabalharei mais ainda".

A essa altura, o tempo havia melhorado e a lavoura da primavera iniciado. O galpão onde Bola de Neve desenhara seus planos do moinho de vento havia sido fechado e, supunha-se, os planos haviam sido apagados do chão. Todos os domingos de manhã, às dez horas, os animais se reuniam no grande celeiro para receber os pedidos da semana. O crânio do velho Major, agora limpo de carne, havia sido desenterrado do pomar e colocado em um toco ao pé do mastro, ao lado da arma. Após o hasteamento da bandeira, os animais eram obrigados a passar pelo crânio de maneira reverente antes de entrar no celeiro. Hoje em dia eles não se sentam todos juntos como faziam no passado. Napoleão, com Procópio e outro porco chamado Apolo, que tinha um dom notável para compor canções e poemas, sentavam-se na frente da plataforma elevada, com os nove cachorros em semicírculo ao redor deles e os outros porcos atrás. O restante dos animais ficava de frente para eles, no chão do celeiro. Napoleão lia as ordens para a semana em um rude estilo militar, e depois de cantarem *Bichos da Inglaterra*, todos os animais se dispersavam.

No terceiro domingo após a expulsão de Bola de Neve, os animais ficaram surpresos ao ouvir Napoleão anunciar que o moinho de vento seria construído. Ele não deu nenhuma razão para ter mudado de ideia, mas apenas advertiu os animais que essa tarefa extra significaria muito trabalho; podendo até ser necessário reduzir as rações. Os planos, no entanto, haviam sido todos preparados, até o último detalhe. Um comitê especial de porcos estava trabalhando neles nas últimas três semanas. A construção do moinho de vento, com várias outras melhorias, estava prevista para durar dois anos.

Naquela noite, Procópio explicou em particular aos outros animais que Napoleão nunca se opôs ao moinho de vento. Pelo contrário, foi ele quem o defendeu no início, e o plano que Bola de Neve desenhara no chão do galpão da incubadora havia sido roubado dos papéis de Napoleão. O moinho de vento foi, na verdade, criação do próprio Napoleão. Por que, então, perguntou alguém, ele havia falado tão fortemente contra isso? Aqui Procópio parecia muito astuto. Isso, disse ele, era a astúcia do camarada Napoleão. Ele parecia se opor ao moinho de vento, simplesmente como uma manobra para se livrar de Bola de Neve, que era um personagem perigoso e uma má influência. Agora que Bola de Neve estava fora do caminho, o plano poderia seguir em frente sem sua interferência. Isso, disse Procópio, era algo chamado tática. Ele repetiu várias vezes: "Tática, camaradas, tática!", saltando e sacudindo o rabicho com um riso jocoso. Os bichos não estavam muito certos do significado da palavra, mas Procópio falava com convicção e os três cachorros — que por coincidência estavam com ele — rosnavam tão ameaçadoramente, que todos aceitaram a explicação sem mais perguntas.

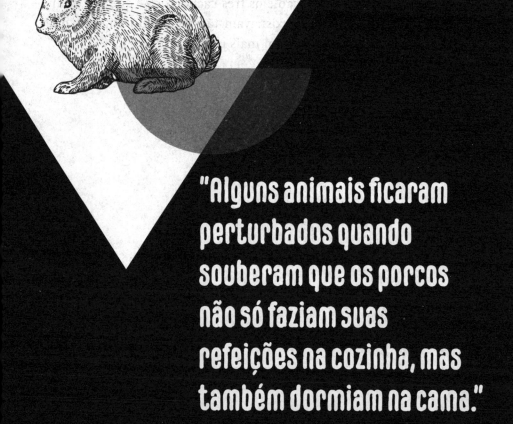

"Alguns animais ficaram perturbados quando souberam que os porcos não só faziam suas refeições na cozinha, mas também dormiam na cama."

6

Durante todo aquele ano, os animais trabalharam como escravos. Mas eles estavam felizes com seu trabalho; eles não relutavam em esforço ou sacrifício, cientes de que tudo o que faziam era para o benefício deles mesmos e daqueles de sua espécie que viriam atrás deles, e não para um bando de seres humanos ociosos e ladrões.

Durante a primavera e o verão, trabalharam sessenta horas por semana e, em agosto, Napoleão anunciou que haveria trabalho também nas tardes de domingo. Este trabalho era estritamente voluntário, mas qualquer animal que se ausentasse teria suas rações reduzidas pela metade. Mesmo assim, foi necessário deixar algumas tarefas por fazer. A colheita foi um pouco menos bem-sucedida do que no ano anterior, e dois campos que deveriam ter sido semeados com raízes no início do verão não foram semeados porque a lavoura não foi concluída com antecedência. Era possível prever que o inverno que se aproximava seria duro.

O moinho de vento apresentou dificuldades inesperadas. Havia uma boa pedreira de calcário na fazenda, e muita areia e cimento foram encontrados em um dos anexos, de modo que todos os materiais de construção estavam à mão. Mas o problema que os animais não conseguiram resolver a princípio foi como quebrar a pedra em pedaços de tamanho adequado. Parecia não haver maneira de fazer isso exceto com picaretas e pés-de-cabra, que nenhum animal poderia usar, porque nenhum animal poderia ficar em pé nas patas traseiras. Somente depois de semanas de esforço em vão, a ideia certa ocorreu a alguém — a saber, utilizar a força da gravidade. Enormes pedregulhos, grandes demais para serem usados como eram, estavam espalhados por todo o leito da pedreira. Os animais amarravam cordas em volta deles, e então todos juntos, vacas, cavalos, ovelhas, qualquer animal que conseguisse segurar a corda — até os porcos às vezes se juntavam em momentos críticos — arrastavam-nas com desesperada lentidão pela encosta até o topo da pedreira, onde eram derrubadas da beirada, para se despedaçarem abaixo. Transportar as pedras depois de quebradas era relativamente simples. Os cavalos as carregavam em carroças, as ovelhas arrastavam blocos isolados, até Esmeralda e Benjamin se atrelavam a uma velha carroça e faziam sua parte. No final do verão, um estoque suficiente de pedra havia se acumulado, e então a construção começou, sob a superintendência dos porcos.

Mas foi um processo lento e trabalhoso. Frequentemente levava um dia inteiro de esforço exaustivo para arrastar uma única pedra até o topo da pedreira e, às vezes, quando era empurrada para a borda, não quebrava. Nada poderia ter sido alcançado sem Tritão, cuja força era a mesma de todos os outros animais juntos. Quando a pedra começava a escorregar e os animais gritavam desesperados por se verem arrastados morro abaixo, era sempre Tritão que se esforçava contra a corda e fazia a pedra parar. Vê-lo subindo a encosta com dificuldade, centímetro por centímetro, sua respiração acelerada, as pontas de seus cascos arranhando o chão e seus grandes flancos cobertos de suor, enchia todos de admiração. Ariel às vezes o alertava para ter cuidado para não se esforçar demais, mas Tritão nunca a escutava. Seus dois lemas, "Vou trabalhar mais ainda" e "Napoleão tem sempre razão", pareciam-lhe a resposta suficiente para todos os problemas. Ele combinara com o galo para acordá-lo três quartos de hora mais cedo pela manhã, em vez de meia hora. E nas horas vagas, que hoje em dia não eram muitas, ia sozinho à pedreira, apanhava uma carga de pedra partida e a arrastava para o local do moinho sem ajuda.

Os animais não ficaram mal durante todo aquele verão, apesar da dureza de seu trabalho. Se eles não tinham mais comida do que tinham na época de Jones, pelo menos não tinham menos. A vantagem de ter apenas que se alimentar, e não ter que sustentar cinco seres humanos extravagantes, era tão grande que seriam necessários muitos fracassos para superá-la. E de muitas maneiras o método animal de fazer as coisas era mais eficiente e poupava trabalho. Trabalhos como capinar, por exemplo, poderiam ser feitos com um rigor impossível para os seres humanos. E como nenhum animal roubava agora, era desnecessário cercar pastagens de terras aráveis, o que economizou muito trabalho na manutenção de cercas e portões. No entanto, à medida que o verão avançava, várias carências imprevistas começaram a se fazer sentir. Havia necessidade de óleo de parafina, pregos, barbante, biscoitos de cachorro e ferro para ferraduras dos cavalos, nenhum dos quais poderia ser produzido na fazenda. Mais tarde também haveria necessidade de sementes e adubos artificiais, além de ferramentas diversas e, por fim, o maquinário para o moinho de vento. Como eles deveriam ser adquiridos, ninguém era capaz de imaginar.

Certa manhã de domingo, quando os animais se reuniram para receber suas ordens, Napoleão anunciou que havia decidido uma nova política. De agora em diante, a Fazenda dos Animais passaria a fazer comércio com as fazendas vizinhas: não, é claro, para qualquer fim comercial, mas simplesmente para obter certos materiais que eram urgentemente necessários. As necessidades do moinho de vento deviam substituir todo o resto, dizia ele. Estava, portanto, providenciando a venda de uma pilha de feno e parte da safra de trigo do ano corrente, e mais tarde, se fosse preciso mais dinheiro, teria que ser compensado com a venda de ovos, para os quais sempre havia mercado em Willingdon. As galinhas, disse Napoleão, deveriam acolher este sacrifício como sua contribuição especial para a construção do moinho de vento.

Mais uma vez os animais estavam conscientes de uma vaga inquietação. Nunca ter quaisquer relações com seres humanos, nunca se envolver em comércio, nunca fazer uso de dinheiro — essas não estavam entre as primeiras resoluções aprovadas naquela primeira Reunião triunfante depois que Jones foi expulso? Todos os animais se lembravam de tais resoluções: ou pelo menos pensavam que se lembravam. Os quatro porquinhos que protestaram quando Napoleão aboliu as Assembleias levantaram a voz timidamente, mas foram prontamente silenciados por um tremendo rosnado dos cães. Então, como de costume, as ovelhas baliram: "Quatro pernas bom, duas pernas ruim!" E o constrangimento momentâneo foi suavizado. Por fim, Napoleão pediu silêncio e anunciou que já havia feito todos os preparativos. Não haveria necessidade de nenhum dos animais entrar em contato com seres humanos, o que seria claramente indesejável. Ele pretendia levar todo o fardo sobre seus próprios ombros. Um certo Sr. Whymper, um advogado que morava em Willingdon, concordou em atuar como intermediário entre a Fazenda dos Animais e o mundo exterior, e iria visitar a fazenda toda segunda-feira de manhã para receber suas instruções. Napoleão encerrou seu discurso com seu costumeiro grito de "Viva a Fazenda dos Animais!", e após o canto *Bichos da Inglaterra* os animais foram dispensados.

Depois Procópio deu uma volta pela fazenda e deixou as mentes dos animais em paz. Ele assegurou-lhes que a resolução contra o comércio e o uso de dinheiro nunca havia sido aprovada, ou mesmo sugerida. Era pura imaginação, provavelmente tinha origem nas mentiras divulgadas por Bola de Neve. Alguns animais ainda se sentiam levemente duvidosos, mas Procópio perguntou-lhes astutamente:

— Vocês têm certeza de que isso não é algo que vocês sonharam, camaradas? Vocês têm algum registro de tal resolução? Está escrito em algum lugar?

E como era certamente verdade que nada disso existia por escrito, os animais estavam convencidos de que haviam se enganado.

Todas as segundas-feiras, o Sr. Whymper visitava a fazenda, conforme combinado. Ele era um homenzinho de aparência astuta com bigodes laterais, um advogado com poucos clientes, mas esperto o suficiente para ter percebido mais cedo do que qualquer outro que a Fazenda dos Animais precisaria de um advogado e que as comissões valeriam a pena. Os animais observavam suas idas e vindas com uma espécie de pavor e o evitavam ao máximo. No entanto, a visão de Napoleão, de quatro, dando ordens a Whymper, que estava em duas pernas, despertou seu orgulho e os reconciliou em parte com a nova situação. Suas relações com a raça humana agora não eram exatamente as mesmas de antes. Os seres humanos não odiavam menos a Fazenda dos Animais agora que ela estava prosperando; na verdade, eles a odiavam mais do que nunca. Todo ser humano tinha como artigo de fé que a fazenda iria à falência mais cedo ou mais tarde e, acima de tudo, que o moinho de vento seria um fracasso. Eles se reuniam nas tavernas e provavam uns aos outros por meio de diagramas que o moinho de vento estava fadado a cair ou que, se ficasse de pé, nunca funcionaria. E, no entanto, contra sua vontade, haviam desenvolvido certo respeito pela eficiência com que os animais administravam seus próprios assuntos. Um sintoma disso foi que eles começaram a chamar a Fazenda dos Animais pelo nome próprio e deixaram de fingir que se chamava Fazenda Solar. Eles também abandonaram Jones, que tinha perdido a esperança de recuperar sua fazenda e ido morar em outra parte do condado. Até agora, exceto por intermédio de Whymper, nenhum contato houvera entre a Fazenda dos Animais e o mundo exterior, mas já circulavam boatos de que Napoleão estava por fechar um acordo de negócios, ora com Pilkington, de Foxwood, ora com Frederick, de Pinchfield — mas nunca, interessante, com ambos, simultaneamente.

Foi nessa época que os porcos de repente se mudaram para a casa da fazenda e passaram a residir lá. Mais uma vez os animais pareciam lembrar que uma resolução contra isso havia sido aprovada nos primeiros dias, e novamente Procópio conseguiu convencê-los de que não era o caso. Era absolutamente necessário, disse ele, que os porcos, que eram o cérebro da fazenda, tivessem um lugar tranquilo para trabalhar. Além disso, viver em uma casa era mais adequado à dignidade do Líder (nos últimos tempos dera para referir-se a Napoleão pelo título de "Líder") do que viver em um chiqueiro. No entanto, alguns animais ficaram perturbados quando souberam que os porcos não só faziam suas refeições na cozinha e usavam a sala como um local de recreação, mas também dormiam nas camas. Tritão resolveu, como de costume, com "Napoleão está sempre certo!", mas Ariel, que pensou que se lembrava de uma decisão definitiva contra camas, foi até o final do celeiro e tentou decifrar os Sete Mandamentos que estavam escritos lá. Vendo-se incapaz de ler mais do que letras individuais, ela foi buscar Esmeralda.

— Esmeralda — disse ela —, leia para mim o Quarto Mandamento. Não diz algo sobre nunca dormir em uma cama?

Com alguma dificuldade, Esmeralda soletrou:

— Nenhum animal deve dormir em uma cama com lençóis.

Curiosamente, Ariel não se lembrava de que o Quarto Mandamento mencionava lençóis; mas como estava ali na parede, devia haver isso. E Procópio, que por acaso estava passando neste momento, acompanhado por dois ou três cães, conseguiu colocar todo o assunto em sua devida perspectiva.

— Vocês ouviram, então, camaradas — disse ele —, que nós, porcos, agora dormimos nas camas da casa da fazenda? E por que não? Um lugar para dormir. Uma pilha de palha em uma baia é uma cama, devidamente considerada. A regra era contra lençóis, que são uma invenção humana. Tiramos os lençóis das camas da fazenda e dormimos entre os cobertores. É muito confortável. As camas também são! Mas não mais confortáveis do que precisamos, posso lhes dizer, camaradas, com todo o trabalho intelectual que temos que fazer hoje em dia. Vocês não nos roubariam nosso repouso, não é, camaradas? Certamente nenhum de vocês deseja ver Jones de volta, não é?

Os animais se tranquilizaram imediatamente, e nada mais foi dito sobre os porcos dormindo nas camas da fazenda. E quando, alguns dias depois, foi anunciado que a partir de agora os porcos se levantariam uma hora mais tarde do que os outros animais, também não se reclamou disso.

No outono, os animais estavam cansados, mas felizes. Eles tiveram um ano difícil e, depois da venda de parte do feno e do milho, as reservas de alimentos para o inverno não eram muito abundantes, mas o moinho de vento compensou tudo. Já estava quase pela metade. Após a colheita, houve um período de tempo claro e seco, e os animais trabalharam mais do que nunca, achando que valia a pena andar de um lado para o outro com blocos de pedra, se com isso pudessem erguer os muros mais um palmo. Tritão até saía à noite e trabalhava por uma ou duas horas sozinho à luz da lua cheia. Em seus momentos de folga, os animais davam voltas e mais voltas pelo moinho inacabado, admirando a força e a verticalidade de suas paredes e maravilhando-se por terem sido capazes de construir algo tão imponente. Somente o velho Benjamim se recusava a entusiasmar-se com o moinho de vento, embora, como sempre, não fizesse outro comentário além do enigma de que os burros vivem muito tempo.

Novembro chegou, com fortes ventos de sudoeste. A construção teve que parar porque agora o tempo estava muito úmido para fazer a mistura de cimento. Houve uma noite em que o vendaval foi tão violento que os galpões da fazenda balançaram em suas fundações e várias telhas foram arrancadas do telhado do celeiro. As galinhas acordaram cacarejando de pavor porque todas tinham sonhado ao mesmo tempo em ouvir uma arma disparar ao longe. De manhã, os animais saíram de suas baias para descobrir que o mastro da bandeira havia sido derrubado e um olmeiro ao pé do pomar havia sido arrancado como um rabanete. Eles tinham acabado de perceber isso quando um grito de desespero saiu da garganta de cada animal. Uma visão terrível encontrou seus olhos. O moinho de vento estava em ruínas.

Correram todos para o local. Napoleão, que raramente abandonava seu passo lento, corria à frente de todos eles. Sim, ali estava, o fruto de todas as suas lutas, nivelado até os alicerces, as pedras que eles haviam quebrado e carregado tão laboriosamente espalhadas por toda parte. Incapaz de falar a princípio, eles ficaram olhando tristemente para as pedras caídas. Napoleão andava de um lado para o outro em silêncio, ocasionalmente farejando o chão. Sua cauda ficou rígida e se contraiu bruscamente de um lado para o outro, um sinal de intensa atividade mental. De repente, ele parou como se sua mente estivesse decidida.

— Camaradas — ele disse baixinho —, vocês sabem quem é o responsável por isso? Vocês conhecem o inimigo que veio à noite e derrubou nosso moinho de vento? BOLA DE NEVE!

Ele de repente rugiu em uma voz de trovão:

— Bola de Neve fez isso! Por pura maldade, pensando em atrasar nossos planos e se vingar de sua infame expulsão, esse traidor se infiltrou aqui na calada da noite e destruiu nosso trabalho de quase um ano. Camaradas, aqui e agora eu declaro a sentença de morte para Bola de Neve. Uma condecoração de Herói Animal e meio alqueire de maçãs para qualquer animal que fizer justiça. Um balde cheio para quem o capturar vivo!

Os animais ficaram chocados ao saber que Bola de Neve poderia ser culpado de tal ação. Houve um grito de indignação, e todos começaram a pensar em maneiras de pegar Bola de Neve se ele voltasse. Quase imediatamente as pegadas de um porco foram descobertas na grama a uma pequena distância da colina. Elas só podiam ser rastreadas por alguns metros, mas pareciam levar a um buraco na cerca viva. Napoleão as cheirou profundamente e declarou que eram de Bola de Neve. Ele deu como sua opinião que Bola de Neve provavelmente tinha vindo da direção da Fazenda Foxwood.

— Chega de atrasos, camaradas! — gritou Napoleão quando as pegadas foram examinadas. Há trabalho a ser feito. Esta manhã começaremos a reconstruir o moinho de vento, e vamos construir durante todo o inverno, faça chuva ou faça sol. Vamos ensinar a esse miserável traidor que ele não pode desfazer nosso trabalho tão facilmente. Lembrem-se, camaradas, que não deve haver nenhuma alteração em nossos planos: eles devem ser executados ao dia. Avante, camaradas! Viva o moinho de vento! Viva a Fazenda dos Animais!

"Expressamos nosso anseio por um uma sociedade melhor nos próximos dias..."

7

oi um inverno amargo. O tempo tempestuoso foi seguido por granizo e neve, e depois por uma forte geada que não se desfez até meados de fevereiro. Os animais fizeram todo o possível na reconstrução do moinho de vento, sabendo muito bem que o mundo exterior os observava e que os seres humanos invejosos se alegrariam e triunfariam se o moinho não fosse concluído a tempo.

Por despeito, os seres humanos fingiram não acreditar que foi Bola de Neve quem destruiu o moinho de vento: disseram que ele havia caído porque as paredes eram muito finas. Os animais sabiam que não era verdade. Ainda assim, havia sido decidido construir paredes mais espessas, o que significava coletar quantidades muito maiores de pedra. Durante muito tempo a pedreira estava cheia de montes de neve e nada podia ser feito. Houve algum progresso no tempo seco e gelado que se seguiu, mas era um trabalho cruel, e os animais não podiam se sentir tão esperançosos quanto antes. Eles estavam sempre com frio, e geralmente com fome. Apenas Tritão e Ariel nunca desanimaram. Procópio fez excelentes discursos sobre a alegria de servir e a dignidade do trabalho, mas os animais encontravam maior inspiração na força de Tritão e no seu infalível brado "Trabalharei mais ainda!"

Em janeiro, a comida ficou aquém. A ração de milho foi drasticamente reduzida e foi anunciado que uma ração extra de batata seria fornecida para compensar isso. Então descobriu-se que a maior parte da colheita de batata havia sido congelada, pois não tinham sido protegidas o suficiente. As batatas ficaram macias e descoloridas, e apenas algumas eram comestíveis. Por dias a fio, os animais não tinham nada para comer, a não ser palha e beterraba. A fome parecia estampada nos seus rostos.

Era vitalmente necessário esconder este fato do mundo exterior. Encorajados pelo colapso do moinho de vento, os seres humanos estavam inventando novas mentiras sobre a Fazenda dos Animais. Mais uma vez, dizia-se que todos os animais estavam morrendo de fome e doença, e que lutavam continuamente entre si e haviam recorrido ao canibalismo e ao infanticídio. Napoleão estava bem ciente dos maus resultados que poderiam ocorrer se os fatos reais da situação alimentar fossem conhecidos, e decidiu usar o Sr. Whymper para espalhar uma impressão contrária. Até então, os animais tinham pouco ou nenhum contato com Whymper em suas visitas semanais: agora, porém, alguns animais selecionados, principalmente as ovelhas, foram instruídos a comentar casualmente que as rações haviam sido aumentadas. Além disso, Napoleão ordenou que as caixas vazias do galpão fossem enchidas quase até a borda com areia, depois coberta com o que restava do grão e da farinha. Com algum pretexto adequado, Whymper foi conduzido até o galpão e autorizado a dar uma olhada nas tulhas. Ele foi enganado e continuou a relatar ao mundo exterior que não havia escassez de alimentos na Fazenda dos Animais.

No entanto, no final de janeiro, tornou-se óbvio que seria necessário obter mais grãos de algum lugar. Naqueles dias, Napoleão raramente aparecia em público, mas passava todo o tempo na casa da fazenda, que era guardada em cada porta por cães de aparência feroz. Quando ele saiu, foi de maneira cerimonial, com uma escolta de seis cães que o cercavam de perto e rosnavam se alguém se aproximasse demais. Frequentemente ele nem aparecia nas manhãs de domingo, mas dava suas ordens através de um dos outros porcos, geralmente Procópio.

Num domingo de manhã, Procópio anunciou que as galinhas, que tinham acabado de voltar para botar, deveriam entregar seus ovos. Napoleão aceitara, por meio de Whymper, um contrato de quatrocentos ovos por semana. O valor que receberiam pagaria grãos e farinha suficientes para manter a fazenda funcionando até que o verão chegasse e as condições fossem mais fáceis.

Quando as galinhas ouviram isso, deram um grito terrível. Elas haviam sido avisadas anteriormente de que esse sacrifício poderia ser necessário, mas não acreditavam que realmente aconteceria. Como elas estavam preparando suas ninhadas de ovos para a chocagem da primavera, protestaram dizendo que tomar-lhes os ovos, agora, seria um crime. Pela primeira vez desde a expulsão de Jones, havia algo parecido com uma rebelião. Lideradas por três jovens frangas Minorca, as galinhas fizeram um esforço para frustrar as ordens de Napoleão. O método delas era voar até os caibros do telhado e lá depositar seus ovos, que se despedaçavam no chão. Napoleão agiu rápida e implacavelmente. Ele ordenou que as rações das galinhas fossem interrompidas e decretou que qualquer animal que desse um grão de milho a uma galinha deveria ser punido com a morte. Os cães cuidaram para que essas ordens fossem cumpridas. Por cinco dias as galinhas resistiram, depois capitularam e voltaram para seus ninhos. Nove galinhas morreram nesse meio tempo. Seus corpos foram enterrados no pomar, e foi divulgado que elas morreram de coccidiose[1]. Whymper não ouviu nada sobre esse caso, e os ovos foram devidamente entregues, vindo um caminhão uma vez por semana para buscá-los.

Tudo isso enquanto não se falava mais em Bola de Neve. Havia rumores de que ele estava escondido em uma das fazendas vizinhas, Foxwood ou Pinchfield. A essa altura, Napoleão estava em termos ligeiramente melhores com os outros agricultores do que antes. Aconteceu que havia no pátio uma pilha de madeira que tinha sido empilhada dez anos antes, quando um bosque de faias foi derrubado. A madeira estava bem seca, e Whymper aconselhara Napoleão a vendê-la; tanto o Sr. Pilkington quanto o Sr. Frederick estavam ansiosos para comprá-la. Napoleão estava hesitando entre os dois, incapaz de se decidir. Notou-se que sempre que ele parecia a ponto de chegar a um acordo com Frederick, surgia o boato de que Bola de Neve estava escondido em Foxwood, e quando ele se inclinava para Pilkington, diziam que Bola de Neve estava em Pinchfield.

De repente, no início da primavera, uma coisa alarmante foi descoberta. Bola de Neve estava frequentando secretamente a fazenda à noite! Os animais estavam tão perturbados que mal conseguiam dormir em suas baias. Todas as noites, dizia-se, ele vinha rastejando sob o manto da escuridão e fazia todo tipo de travessuras. Roubava o milho, derrubava os baldes de leite, quebrava os ovos, pisoteava os canteiros, roía as cascas das árvores frutíferas. Sempre que algo dava errado, era comum atribuí-lo a Bola de Neve. Se uma janela fosse quebrada ou um ralo entupido, alguém certamente diria que Bola de Neve tinha vindo à noite e feito isso, e quando a chave do galpão foi perdida, toda a fazenda estava convencida de que Bola de Neve a havia atirado no poço. Curiosamente, eles continuaram acreditando nisso mesmo

---

1. Doença parasitária que ataca o intestino das aves (N. do E.).

depois que a chave perdida foi encontrada debaixo de um saco de farinha. As vacas declararam unanimemente que Bola de Neve entrava em suas baias e as ordenhava enquanto dormiam. Dizia-se também que os ratos, que haviam sido problemáticos naquele inverno, estavam aliados a Bola de Neve.

Napoleão decretou que deveria haver uma investigação completa sobre as atividades de Bola de Neve. Com seus cães presentes, ele partiu e fez um cuidadoso passeio de inspeção das construções da fazenda e os outros animais o seguiram a uma distância respeitosa. A pequenos intervalos, Napoleão parava e farejava o chão em busca de vestígios dos passos de Bola de Neve, que, segundo ele, podia detectar pelo cheiro. Ele farejou em todos os cantos, no celeiro, no estábulo, nos galinheiros, na horta, e encontrou vestígios de Bola de Neve em quase toda parte. Ele colocava o focinho no chão, dava várias fungadas profundas e exclamava com uma voz terrível: "Bola de neve! Ele esteve aqui! Eu posso sentir o cheiro dele distintamente!" E quando ouviam o nome "Bola de Neve" todos os cães soltavam rosnados de gelar o sangue e mostravam os dentes laterais.

Os animais estavam completamente assustados. Parecia-lhes que Bola de Neve era algum tipo de influência invisível, impregnando o ar ao redor deles e os ameaçando com todos os tipos de perigos. À noite, Procópio os reuniu e, com uma expressão alarmada no rosto, disse-lhes que tinha uma notícia séria para dar.

— Camaradas! — gritou Procópio, dando pequenos saltos nervosos —, uma coisa terrível foi descoberta. Bola de Neve se vendeu para Frederick, da fazenda Pinchfield, que agora está planejando nos atacar e tirar nossa fazenda! Bola de Neve deve agir como seu guia quando o ataque começar. Mas há algo pior do que isso. Pensávamos que a rebelião de Bola de Neve foi causada simplesmente por sua vaidade e ambição. Mas estávamos errados, camaradas. Vocês sabem qual foi o verdadeiro motivo? Bola de Neve estava em aliança com Jones desde o início! Ele era o agente secreto de Jones. Tudo foi provado por documentos que ele deixou para trás e que acabamos de descobrir. Para mim, isso explica muita coisa, camaradas.

Os animais ficaram estupefatos. Essa foi uma maldade que superou em muito a destruição do moinho de vento por Bola de Neve. Mas alguns minutos se passaram até que eles pudessem entender completamente. Todos eles se lembraram, ou pensaram que se lembravam, de como tinham visto Bola de Neve avançando à frente deles na Batalha do Estábulo, como ele os havia reunido e encorajado a cada passo, e como ele não parou por um instante, mesmo quando os projéteis da arma de Jones feriram suas costas. No começo foi um pouco difícil ver como isso se encaixava com o fato de ele estar do lado de Jones. Até Tritão, que raramente fazia perguntas, ficou intrigado. Deitou-se, enfiou as patas dianteiras debaixo do corpo, fechou os olhos e, com grande esforço, conseguiu formular seus pensamentos.

— Eu não acredito nisso — disse ele. Bola de Neve lutou bravamente na Batalha do Estábulo. Eu mesmo o vi. Não lhe demos "Herói Animal, Primeira Classe" imediatamente depois?

— Esse foi o nosso erro, camarada. Pois sabemos agora — está tudo escrito nos documentos secretos que encontramos — que na verdade ele estava tentando nos atrair para o nosso destino.

— Mas ele foi ferido — disse Tritão. Todos nós o vimos correndo sangrando.

— Isso era parte do acordo! — gritou Procópio. O tiro de Jones só o atingiu de raspão. Eu poderia mostrar isso em sua própria escrita, se você conseguisse ler. O enredo era para Bola de Neve, no momento crítico, dar o sinal de fuga e deixar o campo para o inimigo. E ele quase conseguiu — eu diria mesmo, camaradas, ele teria conseguido se não fosse por nosso heroico Líder, camarada Napoleão. Você não se lembra de como, exatamente no momento em que Jones e seus homens entraram no pátio, de repente, Bola de Neve virou-se e fugiu, e muitos animais o seguiram? E você não se lembra, também, que foi justamente nesse momento, quando o pânico se espalhava e tudo parecia perdido, que o camarada Napoleão saltou para a frente com um grito de "Morte à Humanidade!" e afundou os dentes na perna de Jones? Certamente vocês se lembram disso, camaradas? — perguntou Procópio, pulando de um lado para o outro.

Quando Procópio descreveu a cena com tanta convicção, parecia aos animais que eles se lembravam dela. De qualquer forma, eles se lembraram de que no momento crítico da batalha, Bola de Neve havia se virado para fugir. Mas Tritão ainda estava um pouco inquieto.

— Não acredito que Bola de Neve fosse um traidor no início — disse ele finalmente. O que ele fez depois é diferente. Mas acredito que na Batalha do Estábulo ele foi um bom camarada.

— Nosso líder, camarada Napoleão — anunciou Procópio, falando muito devagar e com firmeza —, declarou categoricamente que Bola de Neve foi agente de Jones desde o início, muito antes de se pensar na Rebelião.

— Ah, isso é diferente! — disse Tritão —, se o camarada Napoleão diz isso, deve estar certo.

— Esse é o verdadeiro espírito, camarada! — gritou Procópio.

Mas notou-se que ele lançou um olhar muito feio para Tritão com seus olhinhos cintilantes. Virou-se para sair, depois parou e acrescentou de forma impressionante:

— Advirto todos os animais desta fazenda para manter os olhos bem abertos. Pois temos motivos para pensar que alguns dos agentes secretos de Bola de Neve estão à espreita entre nós neste momento!

Quatro dias depois, no final da tarde, Napoleão ordenou que todos os animais se reunissem no pátio. Quando todos estavam reunidos, Napoleão emergiu, da casa da fazenda, usando suas duas medalhas (pois recentemente havia se premiado "Herói Animal, Primeira Classe" e "Herói Animal, Segunda Classe"), com seus nove cachorros enormes soltando grunhidos que causavam arrepios na espinha de todos os animais. Todos se encolheram silenciosamente em seus lugares, parecendo saber de antemão que algo terrível estava prestes a acontecer.

Napoleão ficou olhando severamente sua audiência, então soltou um gemido agudo. Imediatamente os cães saltaram para a frente, agarraram quatro dos porcos pela orelha e os arrastaram, guinchando de dor e terror, aos pés de Napoleão. As orelhas dos porcos estavam sangrando, os cães tinham provado sangue e, por alguns momentos, pareciam enlouquecer. Para espanto de todos, três deles se atiraram em cima de Tritão. Tritão os viu chegando e esticou seu grande casco, pegou um cachorro no ar e o prendeu no chão. O cachorro gritou por misericórdia e os outros dois fugiram com o rabo entre as pernas. Tritão olhou para Napoleão para saber se deveria esmagar o cachorro até a morte ou deixá-lo ir. Napoleão pareceu mudar de semblante e ordenou bruscamente a Tritão que soltasse o cachorro, então Tritão levantou o casco e o cachorro fugiu.

Logo o tumulto cessou. Os quatro porcos esperavam, trêmulos, com a culpa escrita em cada linha de seus semblantes. Napoleão agora os chamava a confessar seus crimes. Eram os mesmos quatro porcos que protestaram quando Napoleão aboliu as Reuniões Dominicais. Sem mais nenhuma solicitação, eles confessaram que mantinham contato secreto com Bola de Neve desde sua expulsão, que haviam colaborado com ele na destruição do moinho de vento e que haviam feito um acordo com ele para entregar a Fazenda dos Animais ao Sr. Frederick. Eles acrescentaram que Bola de Neve havia admitido em particular a eles que ele havia sido o agente secreto de Jones nos últimos anos. Quando terminaram sua confissão, os cães prontamente rasgaram suas gargantas e, com uma voz terrível, Napoleão perguntou se algum outro animal tinha algo a confessar.

As três galinhas que haviam sido as líderes na tentativa de rebelião pelos ovos agora se apresentaram e afirmaram que Bola de Neve havia aparecido para elas em um sonho e as incitado a desobedecer às ordens de Napoleão. Elas também foram massacradas. Então um ganso se adiantou e confessou ter roubado seis espigas de milho durante a colheita do ano passado e as comido à noite. Então, uma ovelha confessou ter urinado no açude por insistência, disse, de Bola de Neve — e duas outras ovelhas confessaram ter assassinado um carneiro velho, um seguidor especialmente devoto de Napoleão, perseguindo-o em voltas e voltas na fogueira quando ele estava com tosse. Todos foram mortos no local. E assim a história de confissões e execuções continuou, até que havia uma pilha de cadáveres diante de Napoleão; e no ar um pesado cheiro de sangue, coisa que não sucedia desde a expulsão de Jones.

Quando tudo acabou, os animais restantes, exceto os porcos e os cães, fugiram. Eles estavam abalados e miseráveis. Eles não sabiam o que era mais chocante: a traição dos animais que se aliaram a Bola de Neve ou a repressão cruel que presenciaram. Antigamente, muitas vezes havia cenas de derramamento de sangue igualmente terríveis, mas parecia a todos que era muito pior agora que estava acontecendo entre eles. Desde que Jones saiu da fazenda, até hoje, nenhum animal havia matado outro animal. Nem mesmo um rato foi morto. Eles tinham ido para a pequena colina onde ficava o moinho de vento inacabado, e todos se deitaram juntos como se estivessem se aconchegando para se aquecer — Ariel, Esmeralda, Benjamin, as vacas, as ovelhas e um rebanho inteiro de gansos e galinhas — todos, de fato, exceto o gato, que desapareceu de repente pouco antes de Napoleão ordenar que os animais se reunissem. Por algum tempo ninguém falou. Apenas Tritão permaneceu de pé. Ele se mexeu para lá e para cá, balançando sua longa cauda preta e ocasionalmente soltando um pequeno relincho de surpresa. Finalmente ele disse:

— Eu não entendo. Eu não teria acreditado que tais coisas pudessem acontecer em nossa fazenda. Deve ser devido a alguma falha nossa. A solução, a meu ver, é trabalhar mais, uma hora inteira mais cedo pela manhã.

E ele se afastou em seu trote pesado e foi para a pedreira. Chegando lá, ele recolheu duas cargas sucessivas de pedra e as arrastou até o moinho de vento antes de se retirar para a noite. Os animais se amontoaram em torno de Ariel, sem falar. A colina onde estavam deitados dava-lhes uma ampla perspectiva do campo. A maior parte da Fazenda dos Animais estava à vista deles — o longo pasto que se estendia até a estrada principal, o campo de feno, o espinheiro, o açude, os campos arados onde o trigo jovem era espesso e verde, e os telhados vermelhos das construções da fazenda com a fumaça saindo das chaminés. Era uma noite clara de primavera. A grama e as cercas vivas pareciam douradas pelos raios nivelados do sol. Nunca a fazenda — e com uma espécie de surpresa eles se lembraram de que era sua própria fazenda, cada centímetro dela sua própria propriedade — parecera aos animais um lugar tão desejável. Enquanto Ariel olhava para a encosta, seus olhos se encheram de lágrimas. Se ela pudesse ter falado seus pensamentos, teria dito que não era isso que eles almejavam quando se puseram anos atrás para trabalhar pela derrubada da raça humana. Essas cenas de terror e matança não eram o que eles esperavam naquela noite em que o velho Major os incitou à rebelião. Se ela mesma tivera alguma imagem do futuro, seria de uma sociedade de animais libertos da fome e do chicote, todos iguais, cada um trabalhando de acordo com sua capacidade, os fortes protegendo os fracos, como ela protegera a ninhada perdida de patinhos com a pata dianteira na noite do discurso do Major. Em vez disso, ela não sabia por quê, eles chegaram a uma época em que ninguém ousava falar o que pensava, quando cães ferozes vagavam por toda parte e quando você tinha que ver seus companheiros serem despedaçados depois de confessar crimes chocantes. Não havia nenhum pensamento de Rebelião ou desobediência em sua mente. Ela sabia que, mesmo do jeito que as coisas estavam, eles estavam muito melhores do que nos dias de Jones, e que antes de tudo era necessário impedir o retorno dos seres humanos. Aconteça o que acontecer, ela permanecerá fiel, trabalhará duro, cumprirá as ordens que lhe forem dadas e aceitará a liderança de Napoleão. Mas ainda assim, não era para isso que ela e todos os outros animais esperavam e trabalhavam. Não foi para isso que construíram o moinho de vento e enfrentaram as balas da arma de Jones. Tais eram seus pensamentos, embora lhe faltassem as palavras para expressá-los.

Por fim, sentindo que isso era de alguma forma um substituto para as palavras que ela não conseguia encontrar, ela começou a cantar *Bichos da Inglaterra*. Os outros animais sentados ao redor dela foram aderindo e cantaram três vezes, lenta e tristemente, de uma maneira que nunca haviam cantado antes.

Tinham acabado de cantar pela terceira vez quando Procópio, acompanhado por dois cachorros, se aproximou deles com ar de quem tinha algo importante a dizer. Anunciou que, por um decreto especial do camarada Napoleão, que *Bichos da Inglaterra* havia sido abolida. A partir de agora era proibido cantá-la.

Os animais foram pegos de surpresa.

— Por quê? — gritou Esmeralda.

— Não é mais necessário, camarada — disse Procópio rigidamente. *Bichos da Inglaterra* foi a canção da Rebelião. Mas a Rebelião está agora concluída. A execução dos traidores esta tarde foi o ato final. O inimigo tanto externo quanto interno foi derrotado. Em *Bichos da Inglaterra*, expressamos nosso anseio por um uma sociedade melhor nos próximos dias. Mas essa sociedade já foi estabelecida. Claramente essa música não tem mais nenhum propósito.

Por mais assustados que estivessem, alguns dos animais poderiam ter protestado, mas nesse momento as ovelhas iniciaram seu balido habitual de "Quatro pernas bom, duas pernas ruim", que se prolongou por vários minutos e pôs fim à discussão.

Então *Bichos da Inglaterra* não foi mais ouvida. Em seu lugar, Apolo, o poeta, compôs outra canção que começou:

FAZENDA DE ANIMAIS, FAZENDA DE ANIMAIS, NUNCA POR MIM SERÁS MALTRATADA!

E isso foi cantado todos os domingos de manhã após o hasteamento da bandeira. Mas, de alguma forma, nem as palavras nem a melodia jamais pareceram, aos animais, como as de *Bichos da Inglaterra*.

"Quando tudo acabou, outra reunião especial foi realizada no celeiro para os animais inspecionarem as notas bancárias..."

8

Poucos dias depois, quando o terror causado pelas execuções diminuiu, alguns dos animais se lembraram, ou pensaram que se lembravam, de que o Sexto Mandamento decretava "Nenhum animal matará outro animal". E embora ninguém se importasse em mencioná-lo aos ouvidos dos porcos ou dos cães, achava-se que os assassinatos ocorridos não correspondiam a isso. Ariel pediu a Benjamin que lesse para ela o Sexto Mandamento, e quando Benjamin, como sempre, disse que se recusava a se intrometer em tais assuntos, ela chamou Esmeralda. Esmeralda leu o Mandamento para ela. Dizia: "Nenhum animal matará qualquer outro animal sem motivo. "De uma ou outra maneira, as duas últimas palavras haviam escapado à memória dos bichos. Mas estes viam agora que o Sexto Mandamento não fora violado; sim, pois, evidentemente, havia boas razões para matar os traidores que se haviam aliado a Bola de Neve. Durante aquele ano, os bichos trabalharam ainda mais que no ano anterior. A reconstrução do moinho de vento, as paredes mais espessas, sua conclusão no prazo marcado, juntamente com o trabalho normal da granja, era tudo laborioso. Momentos houve em que lhes pareceu que estavam trabalhando mais do que no tempo de Jones, sem se alimentarem melhor. Nos domingos de manhã, Procópio, segurando uma comprida folha de papel, lia para eles relações de estatísticas comprobatórias de que a produção de todas as classes de gêneros alimentícios havia aumentado em duzentos, trezentos ou quinhentos por cento, conforme o caso. Os animais não viam motivo para não acreditar nele, especialmente porque não conseguiam mais lembrar com muita clareza como eram as condições antes da Rebelião. Mesmo assim, houve dias em que eles sentiram que antes teriam menos números e mais comida.

Todas as ordens agora eram emitidas através de Procópio ou de um dos outros porcos. O próprio Napoleão não era visto em público com frequência. Quando ele aparecia, era acompanhado não apenas por seu séquito de cães, mas por um galo preto que marchava na frente dele e agia como uma espécie de arauto, soltando um alto "cocorocó" antes de Napoleão falar. Mesmo na casa da fazenda, dizia-se, que Napoleão morava em um quarto separado dos outros. Ele fazia suas refeições sozinho, com dois cães para servi-lo, e sempre comia no serviço de jantar de porcelana que ficava na cristaleira. Também foi anunciado que a arma seria disparada todos os anos no aniversário de Napoleão.

Napoleão não era chamado simplesmente de "Napoleão". Referiam-se a ele de maneira formal como "nosso líder, camarada Napoleão", e os porcos gostavam de inventar para ele títulos como Pai de Todos os Animais, Terror da Humanidade, Protetor do Aprisco, Amigo dos Patinhos e assim por diante. Em seus discursos, Procópio falava com as lágrimas rolando pelo rosto da sabedoria de Napoleão, a bondade de seu coração e o profundo amor que ele nutria por todos os animais em todos os lugares, mesmo e especialmente os animais infelizes que ainda viviam na ignorância e escravidão em outros lugares. Tornou-se comum dar a Napoleão o crédito por cada conquista bem-sucedida e cada golpe de boa sorte. Você ouviria muitas vezes uma galinha comentar com outra: "Sob a orientação de nosso líder, camarada Napoleão, coloquei cinco ovos em seis dias"; ou duas vacas, desfrutando de uma bebida no açude, exclamavam: "Graças à liderança do camarada Napoleão, como é excelente esta água!" O sentimento geral na fazenda foi bem expresso em um poema intitulado "Camarada Napoleão", que foi composto por Apolo e que era assim:

> *Amigo dos órfãos!*
> *Fonte de felicidade,*
> *E senhor do balde de lama!*
> *Minha alma está em chamas.*
> *Teus olhos me acalmam e me dominam,*

A REVOLUÇÃO DOS BICHOS

Como o céu de verão,
Camarada Napoleão!

Tu és o doador de tudo,
O que tuas criaturas amam!
Barriga cheia duas vezes por dia, palha limpa para rolar,
Todos animais grandes ou pequenos,
Têm o direito de sonhar.
Tu cuidas de tudo, mesmo na escuridão,
Camarada Napoleão!

Se eu tivesse um leitão,
Antes que ele crescesse tanto,
Quanto uma garrafa de meio litro ou um barril,
Ele deveria aprender a ser,
Fiel a ti no que viesse a acontecer.
O primeiro grito que daria o meu leitão seria então,
Camarada Napoleão!

Napoleão aprovou este poema e fez com que fosse escrito na parede do grande celeiro, na extremidade oposta aos Sete Mandamentos. Era encimado por um retrato de Napoleão, de perfil, executado por Procópio em tinta branca.

Enquanto isso, por intermédio de Whymper, Napoleão estava envolvido em complicadas negociações com Frederick e Pilkington. A pilha de madeira ainda não tinha sido vendida. Dos dois, Frederick era o mais ansioso para obtê-la, mas não quis oferecer um preço razoável. Ao mesmo tempo, havia rumores de que Frederick e seus homens estavam planejando atacar a Fazenda dos Animais e destruir o moinho de vento, cuja construção havia despertado nele um ciúme furioso. Acreditava-se que Bola de Neve ainda estava escondido na Fazenda Pinchfield. No meio do verão, os animais ficaram alarmados ao saber que três galinhas se apresentaram e confessaram que, instigadas por Bola de Neve, haviam entrado em um complô para assassinar Napoleão. Elas foram executadas imediatamente, e novas precauções para a segurança de Napoleão foram tomadas. Quatro cachorros passaram a montar guarda junto à sua cama, durante a noite, um em cada canto, e um jovem porco de nome Rosito recebeu a tarefa de provar a comida, para evitar que ele fosse envenenado.

Mais ou menos na mesma época, foi divulgado que Napoleão havia combinado vender a pilha de madeira ao Sr. Pilkington; ele também ia firmar um acordo regular para a troca de certos produtos entre a Fazenda dos Animais e Foxwood. As relações entre Napoleão e Pilkington, embora só fossem conduzidas por Whymper, eram agora quase amistosas. Os animais desconfiavam de Pilkington, como ser humano, mas o preferiam muito a Frederick, a quem tanto temiam quanto odiavam. À medida que o verão avançava e o moinho de vento se aproximava da conclusão, os rumores de um ataque traiçoeiro iminente ficaram cada vez mais fortes. Frederick, dizia-se, pretendia trazer contra eles vinte homens, todos armados com revólveres, e já havia subornado os magistrados e a polícia, para que, se conseguisse obter os títulos de propriedade da Fazenda dos Animais, eles não fizessem perguntas. Além disso, histórias terríveis vazavam de Pinchfield sobre as crueldades que Frederick praticava com seus animais. Ele havia açoitado um velho cavalo até a morte, ele deixou suas vacas famintas, ele havia matado um cachorro jogando-o na fornalha, ele se divertia à noite fazendo galos lutar com lascas de lâminas de barbear amarradas às esporas. O sangue dos animais fervia de raiva quando ouviam que essas coisas estavam sendo feitas a seus companheiros, e às vezes, alguns pediam que lhes fosse permitido sair para atacar a Fazenda Pinchfield, expulsar os humanos e libertar os animais. Mas Procópio aconselhou-os a evitar ações precipitadas e confiar na estratégia do camarada Napoleão.

No entanto, o sentimento contra Frederick continuou em alta. Certa manhã de domingo, Napoleão apareceu no celeiro e explicou que nunca pensara em vender a pilha de madeira a Frederick; ele considerava abaixo de sua dignidade lidar com patifes daquele tipo. Os pombos que ainda eram enviados para espalhar as notícias da Rebelião foram proibidos de pisar em Foxwood, e também foram obrigados a abandonar seu antigo lema de "Morte à Humanidade" em favor de "Morte a Frederick". No final do verão, mais uma das maquinações de Bola de Neve foi desmascarada. A colheita de trigo estava cheia de ervas daninhas, e descobriu-se que, em uma de suas visitas noturnas, Bola de Neve havia misturado sementes de ervas daninhas com sementes de milho. Um ganso que estava a par da trama confessou sua culpa a Procópio e imediatamente cometeu suicídio engolindo bagas mortais de beladona. Os animais agora também descobriram que Bola de Neve nunca — como muitos deles acreditavam até então — recebeu a condecoração de "Herói Animal, Primeira Classe". Esta era apenas uma lenda que havia sido espalhada algum tempo depois da Batalha do Estábulo pelo próprio Bola de Neve. Longe de ser condecorado, fora censurado por mostrar covardia na batalha. Mais uma vez, alguns dos animais ouviram isso com certa perplexidade, mas Procópio logo conseguiu convencê-los de que suas memórias estavam erradas.

No outono, por um esforço tremendo e exaustivo, pois a colheita aconteceu quase ao mesmo tempo — o moinho de vento ficou pronto. O maquinário ainda precisava ser instalado, e Whymper negociava a compra, mas a estrutura estava pronta. Apesar de todas as dificuldades, apesar da inexperiência, dos implementos primitivos, da má sorte e da traição de Bola de Neve, o trabalho havia sido concluído pontualmente! Cansados, mas orgulhosos, os animais davam voltas e voltas em torno de sua obra-prima, que parecia ainda mais bela aos seus olhos do que quando foi construída pela primeira vez. Além disso, as paredes eram mais espessas do que antes. Nada menos que explosivos as derrubaria desta vez! E quando eles pensaram em como trabalharam, que desencorajamentos superaram, e a enorme diferença que faria em suas vidas quando as velas estivessem girando e os dínamos funcionando — quando eles pensaram em tudo isso, seu cansaço os abandonou e eles davam voltas e voltas no moinho de vento, soltando gritos de triunfo. O próprio Napoleão, acompanhado por seus cães e seu galo, desceu para inspecionar a obra concluída; ele pessoalmente parabenizou os animais por sua conquista e anunciou que o moinho se chamaria "Moinho Napoleão".

Dois dias depois, os animais foram convocados para uma reunião especial no celeiro. Eles ficaram mudos de surpresa quando Napoleão anunciou que havia vendido a pilha de madeira para Frederick. Amanhã as carroças de Frederick chegariam e começariam a levá-la embora. Durante todo o período de sua aparente amizade com Pilkington, Napoleão estivera realmente em acordo secreto com Frederick.

Todas as relações com Foxwood haviam sido rompidas; mensagens insultuosas haviam sido enviadas a Pilkington. Os pombos foram instruídos a evitar a Fazenda Pinchfield e alterar seu lema de "Morte a Frederick" para "Morte a Pilkington". Ao mesmo tempo, Napoleão assegurou aos animais que as histórias de um ataque iminente à Fazenda dos Animais eram completamente falsas e que as histórias sobre a crueldade de Frederick com seus próprios animais haviam sido muito exageradas. Todos esses rumores provavelmente se originaram com Bola de Neve e seus agentes. Agora parecia que Bola de Neve não estava, afinal, escondido na Fazenda Pinchfield e, na verdade, nunca estivera lá em toda a sua vida. Diziam que ele estava vivendo — com um luxo considerável, em Foxwood, e na verdade havia se aposentado.

Os porcos estavam em êxtase com a astúcia de Napoleão. Ao parecer amigo de Pilkington, obrigou Frederick a aumentar seu preço. Mas a qualidade superior da mente de Napoleão, disse Procópio, era demonstrada no fato de que ele não confiava em ninguém, nem mesmo em Frederick. Frederick queria pagar a madeira com algo chamado cheque, que, ao que parecia, era um pedaço de papel com uma promessa de pagamento escrita nele. Mas Napoleão era esperto demais para ele. Ele havia exigido o pagamento em notas reais, que deveriam ser entregues antes que a madeira fosse removida. Frederick já havia pago; e a quantia que ele pagou foi apenas o suficiente para comprar as máquinas para o moinho de vento.

A madeira fora retirada com rapidez. Quando tudo acabou, outra reunião especial foi realizada no celeiro para os animais inspecionarem as notas bancárias de Frederick. Sorrindo beatificamente, e usando ambas as suas condecorações, Napoleão estava deitado em uma cama de palha na plataforma, com o dinheiro ao seu lado, empilhado ordenadamente em um prato de porcelana da cristaleira da fazenda. Os animais passavam lentamente, e cada um olhava para o seu lado. Tritão esticou o nariz para cheirar as notas, e as frágeis coisas brancas agitaram-se e farfalharam em seu hálito.

Três dias depois, houve um terrível tumulto. Whymper, com o rosto mortalmente pálido, veio correndo pela trilha em sua bicicleta, jogou-a no quintal e correu direto para a casa da fazenda. No momento seguinte, um rugido sufocante de raiva soou dos aposentos de Napoleão. A notícia do que havia acontecido correu pela fazenda como um incêndio. As notas eram falsificadas! Frederick tinha conseguido a madeira de graça!

Napoleão chamou os animais imediatamente e com uma voz terrível pronunciou a sentença de morte contra Frederick. Quando capturado, disse ele, Frederick deveria ser fervido vivo. Ao mesmo tempo, advertiu-

-os de que, depois desse ato traiçoeiro, o pior era de se esperar. Frederick e seus homens poderiam fazer seu ataque há muito esperado a qualquer momento. Sentinelas foram colocadas em todos os acessos à fazenda. Além disso, quatro pombos foram enviados a Foxwood com uma mensagem conciliatória, que se esperava poder restabelecer boas relações com Pilkington.

Na manhã seguinte veio o ataque. Os animais estavam tomando o café da manhã quando as sentinelas chegaram correndo com a notícia de que Frederick e seus seguidores já haviam passado pelo portão de cinco barras. Com bastante ousadia, os animais saíram para encontrá-los, mas desta vez não tiveram a vitória fácil que tiveram na Batalha do Estábulo. Havia quinze homens, com meia dúzia de espingardas, e eles abriram fogo assim que chegaram a cinquenta metros. Os animais não puderam enfrentar as terríveis explosões e as pelotas pungentes e, apesar dos esforços de Napoleão e Tritão para animá-los, retrocederam. Alguns deles já estavam feridos. Refugiaram-se nos galpões da fazenda e espiaram cautelosamente pelas frestas e buracos. Todo o grande pasto, incluindo o moinho de vento, estava nas mãos do inimigo. No momento, até Napoleão parecia perdido. Ele andava para cima e para baixo sem dizer uma palavra, com a cauda rígida e se contorcendo. Olhares melancólicos eram lançados na direção de Foxwood. Se Pilkington e seus homens os ajudassem, ainda poderiam ganhar a batalha. Mas nesse momento os quatro pombos, que haviam sido enviados no dia anterior, voltaram, um deles trazendo um pedaço de papel de Pilkington. Nele estavam escritas as palavras: "Bem feito!" escritas a lápis.

Enquanto isso, Frederick e seus homens pararam perto do moinho de vento. Os animais os observavam, e um murmúrio de desânimo ecoou. Dois dos homens tinham trazido um pé-de-cabra e uma marreta. Eles iam derrubar o moinho de vento.

— Impossível! — gritou Napoleão. Construímos as paredes muito grossas. Eles não conseguiriam derrubá-la em uma semana. Coragem, camaradas!

Mas Benjamin observava atentamente os movimentos dos homens. Os dois com o martelo e o pé-de-cabra faziam um buraco perto da base do moinho. Lentamente, e com um ar quase divertido, Benjamin assentiu com o focinho comprido.

— Eu pensei assim — disse ele. Vocês não veem o que eles estão fazendo? Daqui a pouco vão colocar pólvora nesse buraco.

Aterrorizados, os animais esperaram. Agora era impossível sair do abrigo. Depois de alguns minutos, os homens foram vistos correndo em todas as direções. Então houve um rugido ensurdecedor. Os pombos rodopiaram no ar, e todos os animais, exceto Napoleão, se jogaram de barriga para baixo e esconderam o rosto. Quando se levantaram novamente, uma enorme nuvem de fumaça preta pairava onde o moinho de vento estivera. Lentamente, a brisa a afastou. O moinho de vento tinha deixado de existir!

Diante dessa visão, a coragem dos animais voltou. O medo e o desespero que sentiram um momento antes foram afogados em sua raiva contra esse ato vil e desprezível. Um poderoso clamor por vingança subiu, e sem esperar por mais ordens eles atacaram como um só corpo e foram direto para o inimigo. Desta vez, eles não prestaram atenção aos chumbinhos cruéis que os varreram como granizo. Foi uma batalha selvagem e amarga. Os homens atiravam repetidas vezes e, quando os animais se aproximavam, atacavam com seus bastões e suas pesadas botas. Uma vaca, três ovelhas e dois gansos foram mortos e quase todos ficaram feridos. Até Napoleão, que dirigia as operações pela retaguarda, teve a ponta de sua cauda lascada por um projétil. Mas os homens também não saíram ilesos. Três deles tiveram suas cabeças quebradas por golpes dos cascos de Tritão; outro foi ferido na barriga por um chifre de vaca; outro teve as calças quase arrancadas por Kika e Luca. E quando os nove cães de Napoleão, a quem ele havia instruído a fazer um desvio sob a cobertura da cerca, apareceram de repente no flanco dos homens, latindo ferozmente, o pânico os dominou. Eles viram que estavam em perigo de serem cercados. Frederick gritou para seus homens saírem enquanto as coisas estavam boas, e no momento seguinte os inimigos covardes estavam fugindo. Os animais os perseguiram até o fundo do campo e deram alguns últimos chutes neles enquanto forçavam seu caminho através da cerca de espinhos.

Eles venceram, mas estavam cansados e sangrando. Lentamente, começaram a mancar de volta para a fazenda. A visão de seus companheiros mortos estendidos na grama levou alguns deles às lágrimas. E por um momento pararam em triste silêncio no lugar onde o moinho de vento havia estado. Sim, ele se foi; o último vestígio do trabalho deles se foi! Até as fundações foram parcialmente destruídas. E para reconstruí-lo não poderiam, desta vez, como antes, fazer uso das pedras caídas. Desta vez as pedras também haviam desaparecido. A força da explosão as arremessou a distâncias de centenas de metros. Era como se o moinho de vento nunca tivesse existido.

Ao se aproximarem da fazenda, Procópio, que inexplicavelmente estivera ausente durante a luta, veio saltitando na direção deles, balançando o rabo e sorrindo de satisfação. E os animais ouviram, da direção dos galpões da fazenda, o solene estrondo de uma arma.

— Para que está disparando essa arma? — perguntou Tritão.

— Para comemorar nossa vitória! — gritou Procópio.

— Que vitória? — perguntou Tritão. Seus joelhos estavam sangrando, ele havia perdido uma ferradura e rachado o casco, e uma dúzia de chumbinhos se alojaram em sua pata traseira.

— Que vitória, camarada? Não expulsamos o inimigo de nosso sol? — o solo sagrado da Fazenda dos Animais.

— Mas eles destruíram o moinho de vento. E nós trabalhamos nele por dois anos!

— Que importa? Construiremos outro moinho de vento. Construiremos seis moinhos de vento se tivermos vontade. Você não percebe, camarada, a coisa poderosa que fizemos. O inimigo estava ocupando este mesmo terreno em que estamos. E agora — graças à liderança do camarada Napoleão — recuperamos cada centímetro dele novamente!

— Então recuperamos o que tínhamos antes — disse Tritão.

— Essa é a nossa vitória — disse Procópio.

Ele mancou para o pátio. Os chumbinhos sob a pele da perna de Tritão doíam muito. Ele viu à sua frente o trabalho pesado de reconstruir o moinho de vento desde as fundações, e já na imaginação ele se preparou para a tarefa. Mas, pela primeira vez, ocorreu-lhe que tinha onze anos e que talvez seus grandes músculos não fossem exatamente o que eram.

Mas quando os animais viram a bandeira verde esvoaçar e ouviram a arma disparar novamente — sete vezes ao todo — e ouviram o discurso que Napoleão fez, parabenizando-os por sua conduta, parecia-lhes que, afinal de contas, haviam obtido uma grande vitória. Os animais mortos na batalha receberam um funeral solene. Tritão e Ariel puxaram a carroça que servia de carro funerário, e o próprio Napoleão caminhou à frente da procissão. Dois dias inteiros foram dedicados a comemorações. Houve canções, discursos e mais disparos de arma, e um presente especial de uma maçã foi concedido a cada animal, cinquenta gramas de milho para cada pássaro e três biscoitos para cada cachorro. Foi anunciado que a batalha seria chamada de "Batalha do Moinho de Vento", e que Napoleão havia criado uma nova decoração, a "Ordem da Bandeira Verde", que ele mesmo havia conferido. Nos regozijos gerais, o infeliz caso das notas bancárias foi esquecido.

Poucos dias depois, os porcos encontraram uma caixa de uísque nos porões da casa da fazenda. Ele havia sido esquecido no momento em que a casa foi ocupada pela primeira vez. Naquela noite veio da casa da fazenda o som de um canto alto, no qual, para surpresa de todos, trechos de *Bichos da Inglaterra* foram ouvidos. Por volta das nove e meia, Napoleão, usando um velho chapéu-coco do Sr. Jones, foi claramente visto saindo pela porta dos fundos, galopando rapidamente pelo pátio e desaparecendo novamente dentro de casa. Mas pela manhã um profundo silêncio pairou sobre a casa da fazenda. Nem um porco parecia estar se mexendo. Eram quase nove horas quando Procópio apareceu, andando devagar e desanimado, os olhos embaçados, o rabo pendurado frouxamente atrás dele, e com toda aparência de estar seriamente doente. Ele reuniu os animais e disse-lhes que tinha uma notícia terrível para dar. O camarada Napoleão estava morrendo!

Ouviu-se um grito de lamentação. A palha foi colocada do lado de fora da casa da fazenda e os animais andaram nas pontas dos pés. Com lágrimas nos olhos, eles perguntaram uns aos outros o que deveriam fazer se seu Líder fosse tirado deles. Correu o boato de que Bola de Neve tinha, afinal, conseguido introduzir veneno na comida de Napoleão. Às onze horas Procópio saiu para fazer outro anúncio. Como seu último ato na terra, o camarada Napoleão pronunciara um decreto solene: a ingestão de álcool seria punida com a morte.

À noite, no entanto, Napoleão parecia estar um pouco melhor, e na manhã seguinte Procópio comunicou a eles que O Líder estava a caminho da recuperação. Naquela noite, Napoleão estava de volta ao trabalho e, no dia seguinte, soube-se que ele havia instruído Whymper a comprar em Willingdon alguns folhetos sobre fabricação de cerveja e destilação. Uma semana depois, Napoleão deu ordens para que o pequeno cercado além do pomar, que antes se destinava a servir de pastagem para animais que não trabalhavam, fosse arado. Foi informado que o pasto estava esgotado e precisava ser replantado; mas logo se soube que Napoleão pretendia semeá-la com cevada.

Por volta dessa época ocorreu um estranho incidente que quase ninguém foi capaz de entender. Certa noite, por volta da meia-noite, ouviu-se um estrondo no pátio e os animais saíram às pressas de suas baias. Era uma noite de luar. Ao pé da parede final do grande celeiro, onde os Sete Mandamentos foram escritos, havia uma escada quebrada em dois pedaços. Procópio, temporariamente atordoado, estava esparramado ao lado dela, e perto dela havia uma lanterna, um pincel e um pote de tinta branca virado. Os cães imediatamente rodearam Procópio e o escoltaram de volta à casa da fazenda assim que ele conseguiu andar. Nenhum dos animais conseguiu entender o que isso significava, exceto o velho Benjamin, que acenou com o focinho com ar astuto e pareceu entender, mas não disse nada.

Mas, alguns dias depois, Esmeralda, lendo os Sete Mandamentos para si mesma, notou que havia mais um deles que os animais se lembravam errado. Eles pensaram que o Quinto Mandamento era "Nenhum animal beberá álcool", mas havia duas palavras que eles haviam esquecido. Na verdade, o Mandamento dizia: "Nenhum animal beberá álcool em excesso".

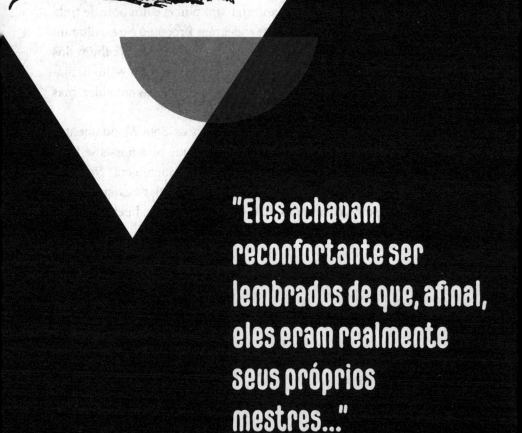

"Eles achavam reconfortante ser lembrados de que, afinal, eles eram realmente seus próprios mestres..."

9

O casco fendido de Tritão demorou muito para se curar. Eles começaram a reconstrução do moinho de vento no dia seguinte ao término das comemorações da vitória. Tritão recusou-se a tirar sequer um dia de folga do trabalho e era questão de honra não deixar que ninguém visse que estava com dor. À noite, ele admitia em particular para Ariel que o casco o incomodava muito. Ariel tratou o casco com cataplasmas de ervas que ela preparou mastigando-as, e tanto ela quanto Benjamin pediram a Tritão que trabalhasse menos. "Os pulmões de um cavalo não duram para sempre", ela disse a ele. Mas Tritão não quis ouvir. Ele disse que só lhe restava uma ambição real — ver o moinho de vento bem adiantado antes de atingir a idade da aposentadoria.

No início, quando as leis da Fazenda dos Animais foram formuladas pela primeira vez, a idade de aposentadoria foi fixada para cavalos e porcos em doze anos, para vacas em quatorze, para cães em nove, para ovelhas em sete e para galinhas e gansos em cinco. As pensões liberais de velhice haviam sido acordadas. Até agora nenhum animal havia se aposentado com pensão, mas ultimamente o assunto vinha sendo discutido cada vez mais. Agora que o pequeno campo além do pomar havia sido reservado para a cevada, havia rumores de que um canto do grande pasto seria cercado e transformado em pastagem para animais aposentados. Para um cavalo, dizia-se, a pensão seria de dois quilos e meio de milho por dia e, no inverno, oito quilos de feno, com uma cenoura ou possivelmente uma maçã nos feriados. O décimo segundo aniversário de Tritão era para o final do verão do ano seguinte.

Enquanto isso a vida era dura. O inverno estava tão frio quanto o anterior, e a comida era ainda mais curta. Mais uma vez todas as rações foram reduzidas, exceto as dos porcos e dos cães. Uma igualdade muito rígida nas rações, explicou Procópio, seria contrária aos princípios do Animalismo. Em todo caso, ele não teve dificuldade em provar aos outros animais que na realidade eles não estavam com falta de comida, quaisquer que fossem as aparências. Por enquanto era necessário fazer um reajuste das rações (Procópio sempre falava disso como um "reajuste", nunca como uma "redução"), mas em comparação com os dias de Jones, a melhora foi enorme. Lendo os números com uma voz aguda e rápida, ele provou a eles em detalhes que eles tinham mais aveia, mais feno, mais nabos do que na época de Jones, que trabalhavam menos horas, que sua água potável era de melhor qualidade, que viviam mais, que uma proporção maior de seus filhotes sobrevivia à infância, que tinham mais palha em suas barracas e sofriam menos com pulgas. Os animais acreditaram em cada palavra. Verdade seja dita, Jones e tudo o que ele representava quase desapareceram de suas memórias. Eles sabiam que a vida hoje em dia era dura e vazia, que muitas vezes passavam fome e muitas vezes frio, e que geralmente trabalhavam quando não estavam dormindo. Mas sem dúvida tinha sido pior nos velhos tempos. Eles ficaram felizes em acreditar nisso. Além do mais, naqueles dias eram escravos, ao passo que, agora, eram livres; e tudo isso, afinal, fazia diferença, conforme Procópio sempre dizia.

Havia muito mais bocas para alimentar agora. No outono, as quatro porcas tinham dado cria ao mesmo tempo, produzindo trinta e um leitões. Os leitões eram malhados e, como Napoleão era o único reprodutor da fazenda, era fácil adivinhar sua filiação. Foi anunciado que mais tarde, quando os tijolos e a madeira fossem comprados, uma sala de aula seria construída no jardim da fazenda. Por enquanto, os leitões eram instruídos pelo próprio Napoleão na cozinha da fazenda. Eles faziam exercícios no jardim e eram desencorajados a brincar com os outros animais jovens. Nessa época, também, foi estabelecido como regra que quando um porco e qualquer outro animal se encontrassem no caminho, o outro animal cederia a passagem; e também que os porcos, qualquer que fosse seu grau hierárquico teriam o direito de usar fitas vermelhas no rabicho aos domingos.

A fazenda teve um ano de bastante sucesso, mas ainda estava com pouco dinheiro. Era preciso comprar, tijolos areia e cal para construir a sala de aula, e também seria necessário recomeçar a economizar para a maquinaria do moinho. Depois havia óleo de lamparina e velas para a casa, açúcar para a mesa do próprio Napoleão (ele proibiu isso aos outros porcos, alegando que os engordava), todo o suprimento normal de ferramentas, pregos, barbante, carvão, arame, ferro-velho e biscoitos para cães. Um toco de feno e parte da colheita de batata foram vendidos, e o contrato de ovos foi aumentado para seiscentos por semana, de modo que naquele ano as galinhas mal eclodiram pintinhos suficientes para manter seu número no mesmo nível. As rações, reduzidas em dezembro, foram reduzidas novamente em fevereiro, e as lanternas nas baias foram proibidas para economizar óleo. Mas os porcos pareciam bastante confortáveis e, de fato, estavam ganhando peso. Uma tarde, no final de fevereiro, um cheiro quente, rico e apetitoso, como os animais nunca sentiram antes, flutuou pelo pátio da pequena cervejaria, que havia sido abandonada no tempo de Jones e que ficava além da cozinha. Alguém disse que era o cheiro de cevada cozinhando. Os animais farejaram o ar avidamente e se perguntaram se um purê quente estava sendo preparado para o jantar. Mas não apareceu nenhum purê quente, e no domingo seguinte foi anunciado que a partir de então toda a cevada seria reservada para os porcos. O campo além do pomar já havia sido semeado com cevada. E logo vazou a notícia de que cada porco estava recebendo diariamente, a ração de meia garrafa de cerveja, sendo que Napoleão recebia meio galão e era servido na terrina da baixela de porcelana.

Mas se havia dificuldades a suportar, elas eram parcialmente compensadas pelo fato de que a vida hoje tinha uma dignidade maior do que antes. Havia mais canções, mais discursos, mais procissões. Napoleão havia ordenado que uma vez por semana deveria ser realizada uma coisa chamada Manifestação Espontânea, cujo objetivo era celebrar as lutas e triunfos da Fazenda dos Animais. Na hora marcada, os animais saíam do trabalho e marchavam pelo recinto da fazenda em formação militar, com os porcos à frente, depois os cavalos, depois as vacas, depois as ovelhas e depois as aves. Os cães ladeavam a procissão e à frente de todos marchava o galo preto de Napoleão. Tritão e Ariel sempre carregavam uma bandeira verde com um casco e um chifre desenhados e a legenda dizia: "Viva o camarada Napoleão!" Depois aconteciam recitações de poemas compostos em homenagem a Napoleão e um discurso de Procópio dando detalhes sobre os últimos aumentos na produção de alimentos, e de vez em quando um tiro era disparado. As ovelhas eram as maiores devotas da Manifestação Espontânea, e se alguém reclamasse (como alguns animais às vezes faziam, quando não havia porcos ou cachorros por perto) de que aquele negócio era uma perda de tempo e os obrigava a ficar um bom tempo no frio, as ovelhas invariavelmente calavam o insatisfeito com um balido de "Quatro pernas, bom, duas pernas, ruim!" Mas, em geral, os animais gostavam dessas celebrações. Eles achavam reconfortante ser lembrados de que, afinal, eles eram realmente seus próprios mestres e que o trabalho que faziam era para seu próprio benefício. Então, com as músicas, as procissões, as listas que Procópio elaborava, do estrondo da espingarda, do cocoricó do garnisé e do drapejar da bandeira, conseguiam esquecer que estavam de barriga vazia, pelo menos a maior parte do tempo.

Em abril, a Fazenda dos Animais foi proclamada República, e tornou-se necessário eleger um Presidente. Houve apenas um candidato, Napoleão, que foi eleito por unanimidade. No mesmo dia, foi divulgado que novos documentos haviam sido descobertos, revelando mais detalhes sobre a cumplicidade de Bola de Neve com Jones. Agora parecia que Bola de Neve não tinha, como os animais haviam imaginado anteriormente, meramente tentado perder a Batalha do Estábulo por meio de um estratagema, mas estava lutando abertamente ao lado de Jones. Na verdade, foi ele quem realmente foi o líder das forças humanas e atacou a batalha com as palavras "Viva a Humanidade!" em seus lábios. As feridas nas costas de Bola de Neve, que alguns dos animais ainda se lembravam de ter visto, foram infligidas pelos dentes de Napoleão.

No meio do verão, Moisés, o corvo, reapareceu repentinamente na fazenda, após uma ausência de vários anos. Ele estava praticamente inalterado, ainda não trabalhava e falava com a mesma tensão de sempre sobre a Montanha de Açúcar. Ele se empoleirava em um toco, batia suas asas negras e falava horas a fio com quem quisesse ouvir. "Lá em cima, camaradas", dizia solenemente, apontando para o céu com seu grande bico — "lá em cima, do outro lado daquela nuvem escura que você vê — lá está, a Montanha de Açúcar, aquele país feliz onde nós, pobres animais, descansaremos para sempre de nossos trabalhos!" Ele até afirmou ter estado lá em um de seus voos mais altos, e ter visto os campos eternos de trevo e o bolo de linhaça e torrões de açúcar crescendo nas sebes. Muitos dos animais acreditaram nele. Suas vidas atualmente eram de fome e de trabalho, raciocinavam; era justo que lhes estivesse reservado um mundo melhor, mais além? Uma coisa difícil de determinar era a atitude dos porcos em relação a Moisés. Todos declararam desdenhosamente que suas histórias sobre a Montanha de Açúcar eram mentiras e, no entanto, permitiram que ele permanecesse na fazenda, sem trabalhar, com um subsídio de um copo de cerveja por dia.

Depois que seu casco se curou, Tritão trabalhou mais do que nunca. De fato, todos os animais trabalharam como escravos naquele ano. Além do trabalho regular da fazenda e da reconstrução do moinho de vento, havia a escola dos leitões, iniciada em março. Às vezes, as longas horas com comida insuficiente eram difíceis de suportar, mas Tritão nunca vacilou. Em nada do que ele disse ou fez havia qualquer sinal de que sua força não era o que tinha sido. Foi apenas sua aparência que foi um pouco alterada; sua pele estava menos brilhante do que costumava ser, e suas grandes ancas pareciam ter encolhido. Os outros diziam: "Tritão vai se recuperar quando crescer o capim da primavera"; mas a primavera chegou e Tritão não engordou. Às vezes, na ladeira que levava ao topo da pedreira, quando apoiava os músculos contra o peso de alguma grande pedra, parecia que nada o mantinha de pé, exceto a vontade de continuar. Nesses momentos, seus lábios formavam as palavras: "Vou trabalhar mais ainda"; ele não tinha mais voz. Mais uma vez Ariel e Benjamin o alertaram para cuidar de sua saúde, mas Tritão não prestou atenção. Seu décimo segundo aniversário estava se aproximando. Ele não se importava com o que acontecesse, desde que uma boa reserva de pedra fosse acumulada antes de se aposentar.

No final de uma noite de verão, correu um boato repentino na fazenda de que algo havia acontecido com Tritão. Ele tinha saído sozinho para arrastar uma carga de pedra até o moinho de vento. E com certeza, o boato era verdadeiro. Poucos minutos depois, dois pombos vieram correndo com a notícia:

— O Tritão caiu! Ele está deitado de lado e não consegue se levantar!

Cerca de metade dos animais da fazenda correu para a colina onde ficava o moinho de vento. Lá estava Tritão, entre as varas da carroça, o pescoço esticado, incapaz até de levantar a cabeça. Seus olhos estavam arregalados, seus lados empapados de suor. Uma fina corrente de sangue escorria de sua boca. Ariel caiu de joelhos ao lado dele.

— Tritão! — ela gritou — Como você está?

— É o meu pulmão — disse Tritão com voz fraca. — Não importa. Eu acho que vocês serão capazes de terminar o moinho de vento sem mim. Há uma boa quantidade de pedra acumulada. De qualquer maneira só me resta um mês de atividade. Para dizer a verdade, eu estava ansioso para minha aposentadoria. E talvez, como Benjamin também está envelhecendo, eles o deixem se aposentar ao mesmo tempo e ser um companheiro para mim.

— Precisamos obter ajuda imediatamente — disse Ariel. — Corra, alguém, e conte a Procópio o que aconteceu.

Todos os outros animais imediatamente correram de volta para a fazenda para dar a notícia a Procópio. Restaram apenas Ariel e Benjamin, que se deitou ao lado de Tritão e, sem falar nada, manteve as moscas longe dele com sua longa cauda. Depois de cerca de um quarto de hora, Procópio apareceu, cheio de simpatia e preocupação. Disse que o camarada Napoleão soubera com a mais profunda aflição desse infortúnio a um dos trabalhadores mais leais da fazenda e já estava providenciando para enviar Tritão para ser tratado no hospital de Willingdon. Os animais se sentiram um pouco inquietos com isso. Com exceção de Serena e Bola de Neve, nenhum outro animal jamais havia saído da fazenda, e eles não gostavam de pensar em seu companheiro doente nas mãos de seres humanos. No entanto, Procópio os convenceu facilmente de que o cirurgião veterinário em Willingdon poderia tratar de Tritão de forma mais satisfatória do que poderia ser feito na fazenda. E cerca de meia hora depois, quando Tritão se recuperou um pouco, ele se levantou com dificuldade e conseguiu voltar mancando para sua baia, onde Ariel e Benjamin haviam preparado uma boa cama de palha para ele.

Nos dois dias seguintes, Tritão permaneceu na sua baia. Os porcos enviaram um grande frasco de remédio rosa que encontraram no armário de remédios do banheiro, e Ariel o administrou a Tritão duas vezes ao dia após as refeições. À noite, ela deitava na baia e conversava com ele, enquanto Benjamin mantinha as moscas longe. Tritão confessou não estar arrependido do que aconteceu. Se se recuperasse bem, poderia esperar viver mais três anos, e ansiava pelos dias tranquilos que passaria no canto do grande pasto. Seria a primeira vez que ele teria tempo livre para estudar e aprimorar sua mente. Ele pretendia, dizia ele, dedicar o resto de sua vida a aprender as vinte e duas letras restantes do alfabeto.

No entanto, Benjamin e Ariel só podiam estar com Tritão depois do expediente, e foi no meio do dia que o carroção veio para levá-lo embora. Os animais estavam todos trabalhando capinando nabos sob a supervisão de um porco, quando ficaram surpresos ao ver Benjamin vindo galopando da direção dos galpões da fazenda, zurrando a plenos pulmões. Era a primeira vez que eles viam Benjamin excitado — na verdade, era a primeira vez que alguém o via galopando.

— Rápido, rápido! — ele gritou. — Venham imediatamente! Eles estão levando Tritão!

Sem esperar ordens do porco, os animais interromperam o trabalho e correram de volta para os galpões da fazenda. Com certeza, lá no pátio havia um carroção fechado, puxado por dois cavalos, com letras na lateral e um homem de aparência astuta com um chapéu coco sentado na boleia. E a baia de Tritão estava vazia.

Os animais se aglomeraram em volta do carroção.

— Adeus, Tritão! — eles gritaram — Adeus!

— Tolos! Tolos! — gritou Benjamin, saltitando em volta deles e batendo na terra com seus pequenos cascos. — Tolos! Vocês não percebem o que está escrito na lateral daquele carroção?

Isso fez os animais pararem, e houve um silêncio. Esmeralda começou a soletrar as palavras. Mas Benjamin a empurrou para o lado e, em meio a um silêncio mortal, leu:

— Alfred Simmonds, Matadouro de Cavalos, Fabricante de Cola, Willingdon. Peles e Farinha de Ossos. Vocês não entendem o que isso significa? Eles estão levando Tritão para o matadouro!

Um grito de horror explodiu de todos os animais. Nesse momento, o homem da boleia acelerou seus cavalos e o carroção saiu do pátio em um trote rápido. Todos os animais o seguiram, gritando a plenos pulmões. Ariel forçou seu caminho para a frente. O carroção começou a ganhar velocidade. Ariel tentou mover seus membros robustos para um galope, e conseguiu um galope.

— Tritão! — ela gritou — Tritão! Tritão! Tritão!

E nesse exato momento, como se tivesse ouvido o barulho lá fora, o rosto de Tritão, com a faixa branca no nariz, apareceu na janelinha na parte de trás do carroção.

— Tritão! — gritou Ariel com uma voz desesperada. — Tritão! Saia! Saia rápido! Eles estão levando você para a morte!

Todos os animais ouviram o grito de "Saia, Tritão, saia!" Mas o carroção já estava ganhando velocidade e se afastando deles. Não se sabia se Tritão havia entendido o que Ariel dissera. Mas um momento depois seu rosto desapareceu da janela e ouviu-se o som de um tremendo tamborilar de cascos dentro do carroção. Ele estava tentando escapar de qualquer maneira. Houve uma época em que alguns chutes dos cascos de Tritão teriam esmagado aquele carroção em pedaços. Mas infelizmente sua força o abandonou; e em alguns momentos o som de cascos tamborilando ficou mais fraco e desapareceu. Em desespero os animais começaram a apelar para os dois cavalos que puxaram o carroção para parar.

— Camaradas, camaradas! — eles gritavam — Não leve seu próprio irmão para a morte!

Mas eles eram brutos, estúpidos e ignorantes demais para perceber o que estava acontecendo, simplesmente recuaram as orelhas e aceleraram o passo. O rosto de Tritão não reapareceu na janela. Tarde demais, alguém pensou em correr à frente e fechar o portão de cinco barras; mas em um momento o carroção passou por ele e rapidamente desapareceu na estrada. Tritão nunca mais foi visto.

Três dias depois, foi anunciado que ele havia morrido no hospital de Willingdon, apesar de receber toda a atenção que um cavalo poderia ter. Procópio veio dar a notícia. Presenciara, disse, os últimos momentos de Tritão.

— Foi a visão mais comovente que eu já vi! — disse Procópio, levantando o trote e enxugando uma lágrima. Eu estava ao lado de sua cama no final. E no final, quase fraco demais para falar, ele sussurrou em meu ouvido que sua única tristeza era ter adoecido antes que o moinho terminasse. "Avante, camaradas!", sussurrou ele. "Avante em nome da Rebelião. Viva a Fazenda dos Animais! Viva o camarada Napoleão! Napoleão tem sempre razão." Essas foram suas últimas palavras, camaradas.

Aqui o comportamento de Procópio mudou de repente. Ele ficou em silêncio por um momento, e seus olhos lançaram olhares desconfiados de um lado para o outro antes de prosseguir.

Chegou ao seu conhecimento, disse ele, que um boato tolo e perverso havia circulado no momento da remoção de Tritão. Alguns dos animais notaram que no carroção que levou Tritão estava escrito "Matadouro de Cavalos" e chegaram à conclusão de que Tritão estava sendo enviado para o matadouro. Era quase inacreditável, disse Procópio, que qualquer animal pudesse ser tão estúpido. Certamente, ele gritou indignado, balançando o rabo e pulando de um lado para o outro, que todos conheciam seu amado líder, o camarada Napoleão. Mas a explicação era realmente muito simples. O carroção já havia sido propriedade do carniceiro, e havia sido comprado pelo veterinário, que ainda não havia apagado o antigo nome. Foi assim que surgiu o engano.

Os animais ficaram enormemente aliviados ao ouvir isso. E quando Procópio passou a dar mais detalhes sobre o leito de morte de Tritão, os cuidados admiráveis que recebeu e os remédios caros pelos quais Napoleão pagou sem pensar no custo, suas últimas dúvidas e a tristeza desapareceram, pois sentiram que a morte de seu camarada foi temperada pelo pensamento de que pelo menos ele morrera feliz.

O próprio Napoleão compareceu à reunião na manhã do domingo seguinte e pronunciou um breve discurso em homenagem a Tritão. Não foi possível, disse ele, trazer de volta os restos mortais de seu lamentável camarada para sepultamento na fazenda, mas ele ordenou que uma grande coroa de louros fosse feita e enviada para ser colocada no túmulo de Tritão. E dentro de alguns dias os porcos pretendiam realizar um banquete em homenagem a Tritão. Napoleão terminou seu discurso lembrando as duas máximas favoritas de Tritão: "Vou trabalhar mais ainda" e "O camarada Napoleão está sempre certo" — máximas, disse ele, que todo animal faria bem em adotar como suas.

No dia marcado para o banquete, a carroça de uma mercearia veio de Willingdon e entregou um grande caixote de madeira na casa da fazenda. Naquela noite, ouviu-se o som de uma cantoria ruidosa, que foi seguida pelo que parecia uma briga violenta e terminou por volta das onze horas com um tremendo estrondo de vidro. Ninguém se mexeu na casa da fazenda antes do meio-dia do dia seguinte, e correu o boato de que de algum lugar os porcos haviam conseguido dinheiro para comprar outra caixa de uísque.

"De alguma forma, parecia que a fazenda tinha ficado mais rica sem tornar os próprios animais mais ricos..."

10

Anos se passaram. As estações iam e vinham, as curtas vidas dos animais passavam. Chegou um tempo em que não havia ninguém que se lembrasse dos velhos tempos antes da Rebelião, exceto Ariel, Benjamim, Moisés — o corvo, e vários porcos.

Esmeralda estava morta; Luca, Kika e Nero estavam mortos. Jones também estava morto — ele havia morrido em um centro de recuperação para alcoólatras em outra parte do condado. Bola de neve foi esquecido. Tritão foi esquecido, exceto pelos poucos que o conheceram. Ariel era uma velha égua robusta agora, com dores nas articulações e com tendência a olhos lacrimejantes. Ela tinha passado dois anos da idade de se aposentar, mas, na verdade, nenhum animal jamais se aposentou. A conversa de reservar um canto do pasto para animais aposentados há muito havia sido abandonada. Napoleão era agora um reprodutor maduro pesando cerca de cento e cinquenta quilos. Procópio era tão gordo que mal conseguia enxergar. Só que o velho Benjamin era o mesmo de sempre, exceto por estar um pouco mais grisalho no focinho e, desde a morte de Tritão, ficou mais rabugento e taciturno.

Havia muito mais criaturas na fazenda agora, embora o aumento não fosse tão grande quanto se esperava em anos anteriores. Muitos animais tinham nascido, para quem a Rebelião era apenas uma vaga tradição, passada de boca em boca, e outros que nem sequer tinham ouvido falar coisa nenhuma a respeito. A fazenda agora possuía três cavalos além de Ariel. Eram feras dignas, trabalhadoras dispostas e bons camaradas, mas muito estúpidas. Nenhum deles se mostrou capaz de aprender o alfabeto além da letra B. Aceitaram tudo o que lhes foi dito sobre a Rebelião e os princípios do Animalismo, especialmente de Ariel, por quem tinham muito respeito; mas era duvidoso que eles entendessem muito disso.

A fazenda estava agora mais próspera e melhor organizada: havia até sido ampliada por dois campos que haviam sido comprados do Sr. Pilkington. O moinho de vento foi finalmente concluído com sucesso, e a fazenda possuía uma debulhadora e um elevador de feno próprio, e vários novos galpões foram adicionados a ele. Whymper havia comprado uma carroça. O moinho de vento, no entanto, não tinha sido usado para gerar energia elétrica. Era usado para moer milho e trouxe um belo lucro em dinheiro. Os animais estavam trabalhando duro para construir mais um moinho de vento; quando aquele estivesse terminado, dizia-se, os dínamos seriam instalados. Mas os luxos com os quais Bola de Neve ensinara os animais a sonhar, as baias com luz elétrica e água quente e fria, e a semana de três dias, não se falava mais. Napoleão havia denunciado tais ideias como contrárias ao espírito do Animalismo. A verdadeira felicidade, dizia ele, estava em trabalhar duro e viver frugalmente.

De alguma forma, parecia que a fazenda tinha ficado mais rica sem tornar os próprios animais mais ricos — exceto, é claro, os porcos e os cachorros. Talvez fosse em parte porque havia muitos porcos e muitos cachorros. Não que essas criaturas não funcionassem, à sua moda. Havia, como Procópio nunca se cansava de explicar, um trabalho interminável na supervisão e organização da fazenda. Grande parte desse trabalho era de um tipo que os outros animais eram ignorantes demais para entender. Por exemplo, Procópio disse a eles que os porcos despendiam diariamente enormes esforços todos os dias em coisas misteriosas chamadas "arquivos", "relatórios", "minutas" e "memorandos". Estas eram grandes folhas de papel que tinham que ser cobertas com escrita e, assim que estavam cobertas, eram queimadas na fornalha. Isso era da maior importância para o bem-estar da fazenda, dizia Procópio. Mas ainda assim, nem porcos nem cães produziam qualquer alimento por seu próprio trabalho; e havia muitos deles, e seus apetites eram sempre bons.

Quanto aos outros, sua vida, até onde sabiam, era como sempre fora. Eles geralmente estavam com fome, dormiam na palha, bebiam do açude, trabalhavam nos campos; no inverno eram incomodados pelo frio e no verão pelas moscas. Às vezes, os mais velhos entre eles reviravam suas memórias turvas e tentavam determinar se nos primeiros dias da Rebelião, quando a expulsão de Jones ainda era recente, as coisas tinham sido melhores ou piores do que agora. Eles não conseguiam se lembrar. Não havia nada com que pudessem comparar suas vidas atuais: eles não tinham nada com que se basear, exceto as listas de números de Procópio, que invariavelmente demonstravam que tudo estava ficando cada vez melhor. Os animais acharam o problema insolúvel; em todo caso, eles tinham pouco tempo para especular sobre essas coisas agora.

E, no entanto, os animais nunca perderam a esperança. Além disso, eles nunca perderam, nem por um instante, seu senso de honra e privilégio de serem membros da Fazenda dos Animais. Era a única fazenda em todo o condado — em toda a Inglaterra! — de propriedade dos animais e por eles administrada. Nenhum deles, nem mesmo o mais jovem, nem mesmo os recém-chegados trazidos de outras fazendas, jamais deixaram de se maravilhar com isso. E quando eles ouviam o estrondo da arma e viam a bandeira verde tremulando no mastro, seus corações se enchiam de orgulho imperecível, e a conversa se voltava sempre para os velhos tempos heroicos, a expulsão de Jones, a elaboração dos Sete Mandamentos, as grandes batalhas em que os invasores humanos foram derrotados. Nenhum dos velhos sonhos havia sido abandonado. A República dos Animais que Major havia predito, quando os verdes campos da Inglaterra não deveriam ser pisados por pés humanos, era algo em que ainda acreditavam. O dia havia de chegar: poderia não ser em breve, talvez não acontecesse durante a vida de qualquer dos animais de então, mas havia de chegar. Mesmo a melodia de *Bichos da Inglaterra* talvez fosse cantarolada secretamente aqui e ali: de qualquer forma, era um fato que todos os animais da fazenda a conheciam, embora ninguém ousasse cantá-la em voz alta. Pode ser que suas vidas tivessem sido difíceis e que nem todas as suas esperanças tivessem sido cumpridas; mas estavam conscientes de que não eram como os outros animais. Se passaram fome, não foi por alimentar seres humanos tirânicos; se trabalhavam duro, pelo menos trabalhavam para si mesmos. Nenhuma criatura entre eles andava sobre duas pernas. Nenhuma criatura chamou qualquer outra criatura de "Mestre". Todos os animais eram iguais.

Um dia, no início do verão, Procópio ordenou que as ovelhas o seguissem e as levou para um terreno baldio na outra extremidade da fazenda, que estava cheio de mudas de bétula. As ovelhas passaram o dia inteiro ali pastando nas folhas sob a supervisão de Procópio. À noite, ele voltou para a casa da fazenda, mas, como o tempo estava quente, disse às ovelhas que ficassem onde estavam. Acabaram ficando ali por uma semana inteira, durante a qual os outros animais não as viram. Procópio ficava com elas a maior parte do dia. Ele estava, disse ele, ensinando-as a cantar uma nova música, para a qual a privacidade era necessária.

Foi logo depois que as ovelhas voltaram, numa noite agradável, quando os animais terminaram o trabalho e estavam voltando para os galpões da fazenda, que o relincho aterrorizado de um cavalo soou do pátio. Assustados, os animais pararam. Era a voz de Ariel. Ela relinchou novamente, e todos os animais começaram a galopar e correram para o pátio. Então eles viram o que Ariel tinha visto.

Era um porco andando nas patas traseiras.

Sim, era Procópio. Um pouco desajeitado, como se não estivesse acostumado a sustentar seu corpo considerável naquela posição, mas com perfeito equilíbrio, ele estava passeando pelo pátio. E um momento depois, da porta da casa da fazenda veio uma longa fila de porcos, todos andando nas patas traseiras. Alguns fizeram isso melhor do que outros, um ou dois eram até um pouco instáveis e pareciam ter gostado do apoio de uma vara, mas todos eles deram a volta no pátio com sucesso. E, finalmente, houve um tremendo latido de cães e um canto estridente do galo preto, e saiu o próprio Napoleão, majestosamente ereto, lançando olhares altivos de um lado para o outro, e com seus cães saltitando ao seu redor. Ele carregava um chicote.

Houve um silêncio mortal. Espantados, aterrorizados, amontoados, os animais observavam a longa fila de porcos marchando lentamente pelo pátio. Era como se o mundo tivesse virado de cabeça para baixo. Então chegou um momento em que o primeiro choque passou e, apesar de tudo, apesar do terror dos cães e do hábito, desenvolvido ao longo dos anos, de nunca reclamar, nunca criticar, não importa o que acontecesse.

Poderiam lançar uma palavra de protesto. Porém, exatamente nesse instante, como se obedecessem a um sinal combinado, as ovelhas em uníssono, estrondaram num espetacular balido:

"Quatro pernas, bom, duas pernas, melhor! Quatro pernas bom, duas pernas, melhor! Quatro pernas bom, duas pernas, melhor!"

Baliram por cinco minutos sem parar. E quando as ovelhas se aquietaram, a chance de proferir qualquer protesto havia passado, pois os porcos marcharam de volta para a casa da fazenda.

Benjamin sentiu um nariz acariciando seu ombro. Ele olhou em volta. Era Ariel. Seus velhos olhos pareciam mais escuros do que nunca. Sem dizer nada, ela puxou delicadamente sua crina e o levou até o final do grande celeiro, onde os Sete Mandamentos estavam escritos. Por um minuto ou dois eles ficaram olhando para a parede alcatroada com suas letras brancas.

— Minha visão está falhando — ela disse finalmente. Mesmo quando eu era jovem eu não poderia ter lido o que estava escrito lá. Mas parece-me que aquela parede está diferente. Os Sete Mandamentos são os mesmos de antigamente, Benjamin?

Pela primeira vez Benjamin consentiu em quebrar sua regra, e ele leu para ela o que estava escrito na parede. Não havia nada lá agora, exceto um único Mandamento dizendo:

TODOS OS ANIMAIS SÃO IGUAIS, MAS ALGUNS ANIMAIS SÃO MAIS IGUAIS QUE OUTROS

Depois disso não pareceu estranho quando, no dia seguinte, os porcos que supervisionavam o trabalho da fazenda carregavam chicotes em suas patas. Não pareceu estranho saber que os porcos haviam comprado um aparelho sem fio, estavam providenciando a instalação de um telefone e haviam feito assinaturas de jornais e revistas. Não pareceu estranho quando Napoleão foi visto passeando no jardim da fazenda com um cachimbo na boca — não, nem mesmo quando os porcos tiraram as roupas do Sr. Jones dos armários e as vestiram, o próprio Napoleão aparecendo em um casaco preto e calças de couro, enquanto sua porca favorita aparecia no vestido de seda que a Sra. Jones costumava usar aos domingos.

Uma semana depois, à tarde, várias carroças chegaram à fazenda. Uma delegação de fazendeiros vizinhos foi convidada a fazer uma visita de inspeção. Toda a granja lhes foi mostrada e eles expressaram admiração por tudo quanto viram, especialmente pelo moinho de vento. Os animais estavam capinando o campo de nabo. Trabalhavam diligentemente, mal levantando o rosto do chão e sem saber se tinham mais medo dos porcos ou dos visitantes humanos.

Naquela noite, risadas altas e explosões de canto vieram da casa da fazenda. E de repente, ao som das vozes misturadas, os animais foram tomados de curiosidade. O que estaria acontecendo lá dentro, agora que, pela primeira vez, encontravam-se em termos de igualdade os animais e os seres humanos? Pensando todos a mesma coisa, dirigiram-se para o jardim da casa.

No portão eles pararam, meio assustados, mas Ariel foi na frente. Eles foram nas pontas dos pés até a casa, e os animais que eram altos o suficiente espiaram pela janela da sala de jantar. Ali, ao redor da longa mesa, estava sentada meia dúzia de fazendeiros e meia dúzia de porcos mais eminentes, o próprio Napoleão ocupando o lugar de honra na cabeceira da mesa. Os porcos pareciam completamente à vontade em suas cadeiras. O grupo estava desfrutando de um jogo de cartas, mas havia parado no momento, evidentemente para fazer um brinde. Um grande jarro circulava e as canecas estavam sendo reabastecidas com cerveja. Ninguém notou os rostos curiosos dos animais que olhavam pela janela.

Sr. Pilkington, de Foxwood, levantou-se com a caneca na mão. Em um momento, disse ele, pediria ao grupo que fizesse um brinde. Mas antes de fazê-lo, havia algumas palavras que ele queria dizer.

Foi uma grande satisfação para ele, disse — e, ele tinha certeza, para todos os outros presentes — sentir que um longo período de desconfiança e mal-entendidos havia chegado ao fim. Houve um tempo — não que ele, ou qualquer membro da empresa atual, compartilhasse tais sentimentos — mas houve um tempo em que os respeitados proprietários da Fazenda dos Animais eram vistos, ele não diria com hostilidade, mas talvez com uma certa medida de apreensão, por seus vizinhos humanos.

Incidentes infelizes haviam ocorrido, ideias equivocadas haviam circulado. Achava-se que a existência de uma fazenda de propriedade e gerida por porcos era algo anormal e suscetível de ter um efeito perturbador na vizinhança. Muitos fazendeiros haviam assumido, sem a devida investigação, que em tal fazenda prevaleceria um espírito de indisciplina. Eles estavam nervosos com os efeitos sobre seus próprios animais, ou mesmo sobre seus empregados humanos. Mas todas essas dúvidas foram agora dissipadas. Hoje ele e seus amigos visitaram a Fazenda dos Animais e inspecionaram cada centímetro dela com seus próprios olhos, e o que encontraram? Não apenas os métodos mais atualizados, mas uma disciplina e uma ordem que devem ser um exemplo para todos os agricultores em todos os lugares. Ele acreditava que estava certo ao dizer que os animais inferiores da Fazenda dos Animais trabalhavam mais e recebiam menos comida do que qualquer animal do condado. De fato, ele e seus colegas visitantes hoje observaram muitos recursos que pretendiam introduzir imediatamente em suas próprias fazendas.

Ele terminaria suas observações enfatizando mais uma vez os sentimentos de amizade que subsistiam, e deveriam subsistir, entre a Fazenda dos Animais e seus vizinhos. Entre porcos e seres humanos não houve, e não precisa haver, qualquer conflito de interesses. Suas lutas e suas dificuldades eram uma só. O problema trabalhista não era o mesmo em todos os lugares? Aqui ficou claro que o Sr. Pilkington estava prestes a lançar algumas piadas cuidadosamente preparadas para o grupo, mas por um momento ele estava muito dominado pela diversão para ser capaz de pronunciá-las. Depois de muita sufocação, durante a qual seus vários queixos ficaram roxos, ele conseguiu falar:

— Se você tem seus animais inferiores para enfrentar — disse ele —, nós temos nossas classes inferiores!

Essa frase causou sensação na mesa, e o Sr. Pilkington mais uma vez parabenizou os porcos pelas rações baixas, as longas horas de trabalho e a ausência geral de mimos que observara na Fazenda dos Animais.

E agora, disse finalmente, pediria ao grupo que se levantasse e garantisse que seus copos estivessem cheios.

— Senhores — concluiu o Sr. Pilkington —, cavalheiros, faço um brinde: À prosperidade da Fazenda dos Animais!"

Houve aplausos entusiasmados e bater de pés. Napoleão ficou tão satisfeito que deixou seu lugar e deu a volta na mesa para bater sua caneca na do Sr. Pilkington antes de esvaziá-la. Quando os aplausos cessaram, Napoleão, que permanecera de pé, insinuou que ele também tinha algumas palavras a dizer.

Como todos os discursos de Napoleão, foi curto e direto ao ponto. Ele também, disse, estava feliz que o período de mal-entendidos estava no fim. Por muito tempo houve rumores, ele tinha motivos para acreditar, de que houvesse algo subversivo e até revolucionário na visão dele e de seus colegas. Eles foram creditados com a tentativa de incitar a rebelião entre os animais nas fazendas vizinhas. Nada poderia estar mais longe da verdade! Seu único desejo, agora e no passado, era viver em paz e em relações comerciais normais com seus vizinhos. Esta fazenda que ele teve a honra de controlar, acrescentou, era uma empresa cooperativa. Os títulos de propriedade, que estavam em sua própria posse, eram de propriedade conjunta dos porcos.

Não acreditava, disse, que ainda persistisse alguma das velhas suspeitas, mas algumas mudanças haviam sido feitas recentemente na rotina da fazenda que deveriam ter o efeito de aumentar ainda mais a confiança. Até então, os animais da fazenda tinham o costume bastante tolo de se dirigirem uns aos outros como "camaradas". Isso deveria ser reprimido. Havia também um costume muito estranho, cuja origem era desconhecida, de marchar todos os domingos de manhã diante de um crânio de porco pregado a um poste no jardim. Isso também seria suprimido, e o crânio já havia sido enterrado. Seus visitantes também devem ter observado a bandeira verde que tremulava no mastro. Se assim for, eles talvez tenham notado que o casco branco e o chifre com o qual tinha sido marcado anteriormente haviam sido removidos.

Ele tinha apenas uma crítica, disse, a fazer ao discurso excelente e amistoso do Sr. Pilkington. O Sr. Pilkington havia se referido em toda parte à "Fazenda dos Animais". É claro que ele não podia saber — pois ele, Napoleão, só agora o anunciava pela primeira vez — que o nome "Fazenda dos Animais" havia sido abolido. Dali em diante, a fazenda seria conhecida como "Fazenda Solar" — que, segundo ele, era seu nome correto e original.

— Senhores — concluiu Napoleão —, farei o mesmo brinde de antes, mas de uma forma diferente. Encham seus copos até a borda. Cavalheiros, aqui está meu brinde: à prosperidade da Fazenda Solar!

Houve os mesmos aplausos calorosos de antes, e as canecas foram esvaziadas até a última gota. Mas enquanto os animais do lado de fora observavam a cena, parecia-lhes que alguma coisa estranha estava acontecendo. O que foi que mudou nos rostos dos porcos? Os velhos olhos turvos de Ariel passaram de um rosto para outro. Alguns deles tinham cinco queixos, alguns tinham quatro, alguns tinham três. Mas o que parecia estar derretendo e mudando? Então, findos os aplausos, a companhia pegou suas cartas e continuou o jogo que havia sido interrompido, e os animais se afastaram silenciosamente.

Mas eles não tinham andado vinte metros quando pararam. Um alvoroço de vozes vinha da casa da fazenda. Eles correram de volta e olharam pela janela novamente. Sim, uma briga violenta estava em andamento. Houve gritos, enforcamentos na mesa, olhares penetrantes e desconfiados, negações furiosas. A fonte do problema parecia ser que Napoleão e o Sr. Pilkington tinham jogado um ás de espadas simultaneamente.

Doze vozes gritavam de raiva e eram todas iguais. Sem dúvida, agora, era possível entender o que havia acontecido com os rostos dos porcos. As criaturas do lado de fora olhavam de porco para homem, e de homem para porco, e de porco para homem novamente; mas já era impossível dizer qual era qual.

**ENCONTRE MAIS
LIVROS COMO ESTE**

GARNIER
DESDE 1844